달빛
조각사

달빛 조각사 32

2011년 10월 13일 초판 1쇄 인쇄
2011년 10월 18일 초판 1쇄 발행

지은이 남희성
발행인 이종주

기획 팀 김명국
책임 편집 이세종

발행처 (주)로크미디어
출판등록 2003년 3월 24일
주소 서울시 용산구 원효로97길 46 5층
Tel (02)3273-5135 **Fax** (02)3273-5134
홈페이지 rokmedia.com · **E-mail** rokmedia@empal.com

ⓒ 남희성, 2007

값 8,000원

ISBN 978-89-257-2170-5 (32권)
ISBN 978-89-5857-902-1 04810 (세트)

이 책은 (주)로크미디어가 저작권자와의 계약에 따라
발행한 것이므로 본서의 내용을 무단 복제하는 것은
저작권법에 의해 금지되어 있습니다.

작가와의 협의에 의해 인지는 생략합니다.
잘못된 책은 바꾸어 드립니다.

남희성 게임 판타지 소설

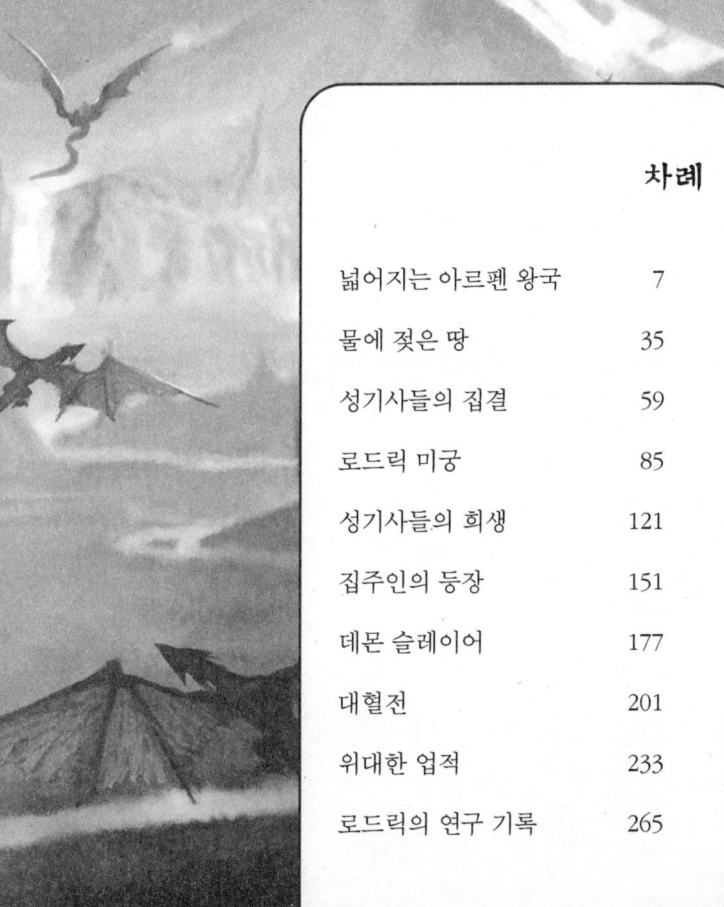

차례

넓어지는 아르펜 왕국	7
물에 젖은 땅	35
성기사들의 집결	59
로드릭 미궁	85
성기사들의 희생	121
집주인의 등장	151
데몬 슬레이어	177
대혈전	201
위대한 업적	233
로드릭의 연구 기록	265

넓어지는 아르펜 왕국

위드는 조각술 최후의 비기를 얻기 위한 의뢰를 진행하고 있었다.

무엇이든 가르는 빛의 검. 광휘의 검술은 폭풍이 치는 바다에서 고급 2단계까지 스킬 레벨을 올려놓았다. 연계 퀘스트에 필요한, 긴 시간을 통해 완성하는 자연 조각품을 만들어야 할 때였다.

예술 계열의 퀘스트를 하며 조각사로서는 반드시 거쳐야 하는 과정!

"차라리 직업이 상인이었으면 교역으로 떼돈을 벌면서 퀘스트를 할 수도 있을 텐데 아깝군. 자연 조각술은 방대해서 어려운데… 어디에 만들지부터 고민이야."

자연에 있는 대상들을 그대로 조각할 수 있는 기술!

구름과 물, 불, 바람, 흙, 나무까지도 소재로 할 수 있는 기적과도 같은 조각술이었다.

붉게 물들어 가는 저녁노을, 단풍, 해안가, 눈에 뒤덮인 산. 그 어떤 것이라도 자연 조각술로 표현할 수 있다.

위드가 밟고 있는 땅을 시작으로 하여 주변을 완전히 자연의 조각품들로 가득 채울 수도 있는 것이다.

"땅장사를 위해서는 북부에 조각품을 만들어야 되겠어. 북부라면 어디에 만들든 장소를 정하기는 편할 테니까."

조각품을 만들면서도 땅 투기부터 생각했다.

아르펜 왕국의 땅은 북부를 기반으로 끊임없이 넓어지고 있었다.

왕국의 명성과 인근 지역에 대한 영향력이 높다 보니 유저들도 혜택을 입었다.

아르펜 왕국 출신의 유저들이 다른 마을에 방문하면 주민들이 적극적으로 달려 나왔다.

"아르펜 왕국의 사람들이 오기만을 기다리고 있었습니다!"

"아, 안녕하세요."

"모험가 여러분에게 부탁드릴 것이 있습니다. 아르펜 왕국의 훌륭한 예술품들을 우리 마을로 가져다주실 수 있겠습니까?"

띠링!

아르펜의 예술품
아르펜 왕국의 수도 모라타에는 조각사와 화가, 도예가 들이 작품을 만들어 내고 있다. 북부에서 예술품을 구경하지 못한 주민들은 소문을 들으며 신기해하고 부러워하고 있다.
그들이 원하는 예술품들을 가져다주자.
주민들은 호의를 베푼 낯선 불청객들에게 친절을 베풀 것이다.
난이도 : E
퀘스트 제한 : 마을의 방문자.
　　　　　　　방문자가 아르펜 왕국의 소속이어야 함.

어려운 것도 아니라서 유저들은 기꺼이 퀘스트를 받아들였다.

그런 경우가 쌓이다 보니 모라타에서 나올 때부터 일찌감치 조각품이나 그림을 몇 개씩 챙겨 오기까지 했다. 그러면 의뢰를 받자마자 퀘스트를 완료할 수가 있는 것이다.

주민들이 알고 있는 이야기를 듣고 싶어 하는 모험가, 미지의 위험한 땅에서 사냥을 하고 싶어 하는 전사, 교역을 하고 싶어 하는 상인들이 주로 예술품의 운반자들이었다.

유저들이 퀘스트를 완료하며 치안을 회복시키고 상거래를 자주 하다 보면 주민들이 아르펜 왕국에 마음을 열었다.

카르멜 강가의 주민들은 아르펜 왕국을 우러러보고 있습니다.

이들은 낚시를 통해 식량을 구하며 살아가는 작은 공동체입니다. 몬스터의 위협을 피하기 위하여 그들은 강 위에 집을 짓습니다.
강의 복잡한 지류와 그곳에서 살아가는 어종들에 대한 지식을 간직하고 있는 어부들은 아르펜 왕국에 대해 알고 나서 문화에도 눈을 떴습니다. 비록 작은 공동체에 불과하지만, 그들은 아르펜 왕국에 속해서 살아가고 싶어 합니다.
작고 쓸쓸한 마을에 이주민의 정착도 환영할 것입니다.
특산품 : 민물고기 17종.
인구 : 63.
매달 세금 수입 : 3골드.

나이산 마을의 주민들은 아르펜 왕국을 우러러보고 있습니다.
나무꾼들로 구성된 주민들은 모르그 숲의 벌목과 버섯 재배로 수입을 얻고 있었습니다.
이들은 그동안 교역로가 없어서 물건의 값을 제대로 받기가 어려웠으나, 상인들의 교류가 빈번해지면서 빠르게 부를 축적해 나가고 있습니다.
주민들이 필요로 하는 물품은 매우 많고, 이들은 모두 아르펜 왕국과의 교역을 통해 필요한 물품을 구매하기를 원하고 있습니다.
나이산 마을은 아르펜 왕국의 국왕에 대해 존경심을 갖고 있고 부족한 마을을 다스려 주기를 바랍니다.
특산품 : 나무, 버섯류.
인구 : 319.
매달 세금 수입 : 536골드.

아르펜 왕국의 영역이 거침없이 확대되고 있었다.

니플하임 제국의 멸망 이후에 어느 왕국에도 소속되어 있지 않던 작은 마을들이라서, 아르펜 왕국이 건국되고 영향력이 넓어지기 시작하면서 적극적으로 흡수되는 것이었다.

 게다가 유저들도 신바람이 났다.

 "예전에는 불청객이라면서 마을도 못 들어오게 했는데 이젠 극진히 대접하네."

 "말을 걸어도 바로 대답해 줘."

 "야, 어제는 그 동네 꼬마 애가 나한테 꽃도 꺾어 선물로 주더라."

 아르펜 왕국의 영향력이 닿는 지역에서는 유저들에게 호의적이었다.

 대륙의 북부에 개발과 교역 확대로 인한 붐이 불고 있었다.

 "북부를 위하여 많은 일을 한 아르펜의 국왕에게 충성을 바쳐야겠다."

 "헌신과 명예를 아는 국왕을 모실 것이다."

 영주와 귀족 NPC들도 그들이 판단하여 아르펜 왕국 소속으로 넘어왔다.

 영토가 넓어지고 주민이 많아지더라도 당장 얻는 경제적인 수익은 적다.

 위드가 매우 민감하게 여기는 세금 부분에서, 기존에 영주가 있는 경우에는 국가에 바치는 돈이 더 줄어들었다. 마을들이 협소하고 사람들이 조금씩밖에 살지 않다 보니 30골드,

70골드, 많아도 1,000골드씩밖에는 세금이 늘어나지를 않았다.

하지만 농부, 광부, 상인 들에게는 엄청난 기회가 열리는 것이었다.

"어느 마을로 가기로 했어?"

"난 동쪽으로."

"거긴 황무지잖아."

"개간을 해 봐야지. 내 땅은 내가 만들 거야."

"음, 북서쪽의 큰 산맥에 철광을 찾으러 갑시다."

"그쪽은 지반이 약해서 위험하다던데요."

"광부 100명이 모이면 뭐가 두렵겠습니까. 곡괭이가 부러지도록 일해 봅시다."

모라타에서 초보 시절을 보냈던 유저들이 활동할 수 있는 영역이 넓어졌다.

북부 대륙 전체의 출생률이 증가하고, 생산량이 확대되고 있었다. 전사들이 사냥을 해서 치안을 확보하면 이주민도 찾아와서, 좋은 위치의 마을들은 도시로의 발전이 급속도로 이루어졌다.

모라타와 바르고 성채가 전부였던 아르펜 왕국이 현재는 수십 개의 중간 크기의 마을을 거느린 번듯한 모양새를 갖춰 나가고 있는 중이었다.

모라타도 왕국의 수도로서 고급 상점과 주택, 생산 기반

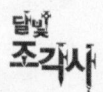

시설들이 속속 들어섰다. 아름다운 건축물들이 생겨나면서 도시의 미관이 더욱 낭만적이고 화려하게 변했다.

북부 전체가 아르펜 왕국으로 들썩이고 있을 지경이었다.

현재 위드의 영향력이란 웬만한 마을에 가더라도 주민들의 복종을 받아 낼 수 있을 단계에 올랐다.

아르펜 왕국의 국왕인 위드는 그 점이 가장 만족스러웠다.

"땅 투기가 이렇게 쉬워졌다니… 꼭 모라타나 바르고 성채가 아니더라도 자연 조각품을 만들 위치를 정하기가 편해서 다행이군."

와삼이를 타고 하늘을 날면서 적당한 위치를 탐색했다.

"땅은 다른 거 없어. 입지가 전부야."

너무 웅장한 산악으로 지형의 고저 차가 심한 곳은 넘어가고, 강물이 지나칠 정도로 넓고 도도하게 흘러가는 장소도 지나쳤다.

북부 대륙에는 니플하임 제국 시절의 도시들이 흔적만 남아 있거나 부서져서 사라진 곳들도 꽤 되었다. 거의 폐허 상태에서 나무들이 무성하게 자라면서 잊힌 도시들이 되어 버렸다.

인간들의 손길이 오랫동안 미치지 못하다 보니 폐허 위로 자연의 상태를 간직하고 있는 곳들이 많다.

"자연의 조각품을 만들면… 그 후에 근처에 도시가 생길 수 있는 것도 감안을 해야지."

교통과 개발, 주거, 사냥 환경까지도 고려한 입지 결정.

위드가 결정한 장소는 맑고 깨끗한 강줄기가 동쪽에서, 그리고 북쪽에서 내려와 교차하는 데다 넓고 비옥한 평야가 있는 장소로, 큰 도시가 발달할 수 있는 곳이었다.

원하는 자연의 조각품을 만들 수 있을 정도로, 별다른 장애물도 없었다.

"근처에 배회하는 몬스터들의 집단이 문제이기는 한데… 언젠가는 토벌이 되겠지."

아르펜 왕국의 군사력도 사람들의 예상보다는 훨씬 빨리 늘어나고 있었다. 기사 직업의 유저들이 병사들을 지휘하면서 평원에서 전투를 많이 하기 때문이었다.

중앙 대륙에서 온 자유 기사 NPC들. 그들 중에는 칼라모르 왕국이 사라지고 나서 온 기사들도 있다.

자유 기사들의 경우에는 레벨이 다소 높은 편이다.

퀘스트나 파티 사냥을 나가는 유저들은 도움을 받기 위해 국가 공적치로 자유 기사들을 임대를 해 갔다. 아르펜 왕국의 기사단이 1,000여 명이나 되었지만 항상 쉴 틈이 없을 정도였다.

몬스터들을 토벌하고 이주민들을 데려오면 이곳에 아르펜 왕국의 도시를 건설하는 것도 가능하리라.

"이곳에는 휴양을 위한 자연환경을 만들어 놓아야 되겠군. 아르펜 왕국은 지금까지 먹고사는 데에만 급급했어."

신생 왕국이다 보니 어쩔 수가 없었다.

모든 게 열악하던 모라타에서 시작하여, 이제야 먹고살 만해졌다.

유저들이 사냥과 교역으로 돈이 생기면 그것을 쓸 곳을 찾는 과정도 자연스럽게 이루어지지 않겠는가. 그때를 미리 대비한 휴양과 관광의 도시 건설 작업이 벌써부터 이루어지려 하고 있었다.

아침이 되어 새들은 하루를 시작하며 활기차게 지저귄다.

황금새는 작은 날개를 펼치고 어딘가를 가기 위해 맑게 갠 푸른 하늘을 날았다.

구구구구구!

짹짹.

쪼로로롱.

황금새가 날고 있는 주변에는 유난히도 새들이 많아 보였다. 일반적인 새들과는 다르게 참새들도 거의 닭 수준으로 크고, 아침인데도 돌아다니는 부엉이, 올빼미도 있었다.

부리와 발톱으로 철판도 꿰뚫을 수 있는 조인족들이었다.

황금새는 천공의 섬 라비아스로 향하고 있었던 것이다.

"저기에 우리의 동족이 온다."

"저 번쩍이는 모습에 머리에 쓰고 있는 왕관은……."
"그분이다."
시력이 좋은 조인족들은 황금새가 접근하는 것을 멀리서부터 보고 날아올랐다.
라비아스로 향하는 근처에서부터 조인족들이 수십, 수백 마리씩 마중을 나와 합류했다. 다른 새의 뒤를 따라서 나는 것은 자존심 강한 조인족들이 할 수 있는 최고의 예우다.
황금새를 선두로 하여 크기와 종류, 색깔도 다른 십수만 마리가 일제히 날아가는 것은 그야말로 장관이었다.
황금새는 천공의 섬을 크게 한 바퀴 돌고 땅으로 내려왔다. 라비아스의 조인족들도 그대로 새의 모습을 한 채 나뭇가지나 땅바닥에 내려앉았다.
"오랜만이다, 아이들아."
조인족들은 머리를 끄덕였다.
그들의 기억력은 아쉽게도 시간이 조금 지나면 부모 형제도 몰라볼 수준.
그렇지만 황금새에 대해서는 잊지 않았다.
게이하르 폰 아르펜 황제가 만든 최초의 조인족.
모든 조인족들은 황금새로부터 비롯되어, 그를 기념하는 조각품과 그림이 라비아스의 둥지에 남아 있었기 때문이다.
위드가 과거 라비아스에 왔을 때에는 둥지에 올라가 보지 못했다. 그 후에 몇몇 유저들은 둥지에도 올라가 보고 나서

황금새의 존재에 대하여 알게 되었다.

그 전설적인 존재가 마침내 라비아스를 방문한 것이다.

"내가 이곳에 온 것은 우리가 움직일 때가 되었기 때문이다."

황금새가 말을 하는 동안에도 조인족들이 날아들고 있었다.

새들이 하늘을 뒤덮고 일제히 날갯짓을 하며 빙글빙글 도는 모습은 일대 장관이었다.

조인족들의 인구를 정확히 추측하기란 어렵다.

섬의 중앙에 집을 짓거나 상점을 열어서 장사를 하기도 하였지만, 평소에는 거의 조인족으로 모습을 바꾸지 않고 둥지에서 새처럼 살아가는 무리도 꽤 많았다.

나무 한 그루에도 100마리 이상이 살면서 짹짹거리는 것이 그들의 취미!

사납고 맹렬한 전투 조인족들은 드넓은 라비아스의 던전과 사냥터에서 살아간다.

게다가 아직 부화하지 않은 알들도 매우 많다.

막 깨어난 조인족들은 영문도 모르는 채로 걸어왔다.

삐약?

삐액삑삑삑!

천공의 섬 라비아스에 있는 조인족들이 몽땅 뛰쳐나와서 파닥거리며 북새통이었다.

땅에는 벌써 새들로 가득하였는데, 날갯짓을 멈추며 그 위로 내려앉으면서 난리도 벌어졌다.

지상에 있는 바란 마을에서는 알 수 없는 까마득한 공중에서 벌어지는 일.

바란 마을이 엠비뉴 교단의 손에 넘어가고 난 이후에는 유저들도 방문하지 않아 아주 소수의 유저들만 머무르고 있었다.

"이게 무슨 새판이야?"

"쉿, 무슨 이벤트라도 벌어지는 모양이야."

"그러면 뭐해. 근처에 가지도 못하겠는걸."

라비아스의 조인족이 총출동을 하다 보니 거리와 나무, 담장 위에 새들이 가득 찼다. 유저들은 근처에도 오지 못하고 멀찌감치 떨어진 장소에서 구경을 하는 수밖에 없었다.

황금새는 소란이 진정되도록 잠시 깃털을 고르다가 말을 이었다.

"대륙이 혼란에 빠졌다. 고통으로 신음하는 인간들이 많으니 고상한 우리 조인족들도 이대로만 있을 수는 없게 되었다."

보통 이런 연설을 들으면 인간들은 박수를 치거나 큰 함성을 지른다.

짹짹.

삐약삐약.

꽤괘괘액!

작고 어린 새들도 날개를 파닥거리고 부리를 벌려 소리를

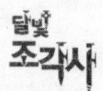

내며 호응을 했다.

"요즘 로자임 왕국의 인간들이 농사를 제대로 안 짓는다."

"영양가 높은 쌀을 구하기가 갈수록 어려워져."

"벌레는 먹기가 싫은데……."

고급스러운 취향을 가진 조인족들.

그들도 인간들이 전쟁을 하면 상당한 괴로움을 겪었던 것이다.

황금새는 종족 전체의 운명을 좌우할 수 있는 대장이었다.

"우리는 북쪽으로 간다."

"그곳에 뭐가 있습니까?"

작고 귀엽게 생긴 노란 새가 물었다.

"아무리 주워 먹더라도 괜찮을 곡창지대가 있다."

그것으로 조인족들은 이동을 결정!

조인족들이 짐을 싸서 북부로 날아가는 것은 아니었다. 물론 그런 방식도 가능하지만, 그렇게 할 필요가 없다.

그날 오후부터 천공의 섬 라비아스가 움직이기 시작하였다. 하늘에서 섬 전체가 통째로 북쪽으로 이동을 하는 것이다.

던전이나 사냥터, 상점, 도로, 장식물들까지 전부 섬에 포함된 채로 북부로 옮겨 가고 있었다.

"이런 일을 혼자 할 수는 없어. 누렁이를 데려와야 되겠군!"

고된 일을 해야 할 때만 생각나는 누렁이의 존재!

입지를 결정한 위드는 로디움으로 가서 먼저 무엇이든 가르는 빛의 검 퀘스트를 성공하였다고 보고했다.

"베르사 대륙의 정의를 지키기 위해서, 그리고 조각술의 발전이 이 어깨에 달려 있다고 생각하니 몸이 힘든 줄 몰랐습니다."

착한 척과 애썼다고 하소연하며 본능적인 친밀도를 얻는 것은 필수.

무엇이든 가르는 빛의 검 완료
이미 조각술로 대륙에서 높은 평가를 받고 있는 거장 조각사 위드는 검에 있어서도 천재라는 점을 입증하였다.
광휘의 검술.
그가 가진 검술은 대륙을 여행하고 악인들을 처치하기에 충분한 수준이 되었다.

-명성이 850 올랐습니다.

-레벨이 오르셨습니다.

-힘이 6 상승하셨습니다.

-민첩이 5 상승하셨습니다.

-거친 폭풍을 극복하고 검술 수련에 성공하였습니다. 전 스탯이 3씩 늘어납니다.

 로디움에 있는 노인의 눈빛도 달라졌다.
 처음에는 그저 일반 유저를 보는 것과 그리 다르지 않았다면, 지금은 대단한 천재 조각사를 만나는 듯한 경건한 태도를 보였다.
 "수고가 많았구려. 굉장한 일이오. 이 정도의 어려움은 찬란한 아름다움을 표현하려는 조각사에게는 불가능하지 않았던 것일까. 그러면 다른 한 가지의 조각품은……."
 "아직 만들고 있는 중입니다."
 "믿고 기다리고 있겠소. 이번 일까지 성공적으로 마치면 아주 크고 중요한 일을 맡길 수도 있을 것 같구려. 대륙의 조각술을 위하여 계속 노력해 주시오."
 "물론입니다."
 위드는 조각품을 잘 만들고, 또 지금까지처럼 수련도 잘할 자신이 있었다. 폭풍에서의 수련도 그리 힘든 줄을 몰랐다.
 상상력의 원천, 힘이 들 때에도 피로를 잊게 해 주는 것은 돈!
 위드는 누렁이를 데리고 북부로 돌아와서 다시 자연의 조각품을 이어서 만들었다.

"크고 거창하게만 생각할 것 없어. 하늘과 땅 그리고 꽃들까지 포함하여 몽땅 깎아 버린다고 생각하면 돼."

자연 조각술로 구름들을 만들고 강물에는 물의 조각품들을 표현하였다.

시간은 오래 걸리는 작업이었지만, 사실 처음과 비교하여 크게 달라진 것은 아니었다.

그러나 넓은 대지를 조각한다는 것이 쉬운 일만은 아닌 것.

"이것만으로는 여러모로 부족한데… 그리고 진정한 자연 조각술은, 지나친 개입이 있으면 안 돼."

자연은 그대로 두었을 때도 아름답다.

퀘스트의 목표가 자연을 이룩해 놓고 세월이 지났을 때의 아름다움이었다.

위드가 만들고 있는 현재의 모습이 아니라 긴 시간이 지나고 난 이후에도 아름다울 수 있어야 하기에 더더욱 어렵다.

"자연의 아름다움이라면 역시 생동감이겠지."

무궁무진한 생명력의 원천, 그리고 살아 있는 멋진 풍경은 머릿속의 복잡한 생각이나 걱정거리까지 저절로 날려 버리게 한다.

"이곳에 만들어야 되는 것은……."

위드는 자연 조각술의 주제를 확실하게 결정했다.

해가 저물어 가는 모습이나 오로라 같은 것도 물론 아름답다. 어떤 때의 황혼은 평생 동안 잊지 못할 기억이 되기도

한다.
 하지만 자연 그 자체의 생명력을 느끼기에는 모자란 부분이 있다.
 "여기에는 내가 한 번쯤은 꼭 보고 싶었던 그런 자연을 만들어 보도록 해야지."
 조각사로서 상상만 하고 있을 필요는 없다.
 머릿속에 드는 생각을, 아침에 일어나면 금세 잊어버리는 꿈처럼 놔두지 않고 표현할 수 있는 직업!
 조각사 스킬들의 상당수는 그러한 목적에서 가지고 있는 것이 아니던가.
 "자연이라……."
 위드는 자기 자신을 인간이라고 생각하지 않기로 했다.
 얼마 전에 퀘스트를 진행하면서 체험했던 벌새나, 껑충껑충 뛰어다니는 캥거루, 배회하는 늑대라고 여겨 보기로 했다.
 조각 변신술은 단지 그 종족으로 몸을 바꿀 수 있는 것만이 아니라 종족의 관점에서 세상을 바라보게 해 준다.
 인간은 자신들의 편함에 맞춰서 모든 것을 바꾸려고 하지만, 동물들은 자연에 적응하면서 살아갈 뿐이다.
 "내가 여기에 살아가려고 한다면……."
 도롱뇽의 관점에서는 늪지가 있으면 좋다.
 이곳에는 강들이 교차하고 있지만 물살이 빠르고 강가의

지대가 높았다. 비가 많이 오더라도 홍수로 범람이 되지 않을 테니 인간의 관점에서는 개간을 통해 농사를 짓기에 적합한 장소다.

지금은 이 넓은 땅에 잡초들만 무성하게 자랄 뿐 동물들도 잘 오지 않았다.

"여길 늪지를 만들려면 땅 사이로 얕은 강들이 흐르고 습해야 해."

위드는 작업에 돌입했다.

"대재앙의 자연 조각술!"

재앙도 자연의 일부인 법.

쿠그그그그그긍!

대도시로, 곡창지대로 요긴하게 쓸 수 있는 땅을 가라앉고 갈라지게 했다.

어마어마하게 넓은 땅을 부숴 버리는 대재앙!

"크흐흑, 아까운 내 땅이여."

땅을 좋아하는 위드에게는 보고만 있어도 괴로운 작업이었다.

미래의 곡창지대가 될 수도 있었던 지역에 균열이 발생하며 연못이 생기고 얕은 강들이 흐르기 시작하였다. 당장 이것만으로 큰 변화라고 할 수는 없고, 오히려 평화롭고 아름답던 이곳의 풍경을 망가뜨려 놓은 것만 같았다.

"시간이 해결해 줘야 되겠지. 시간은 망가진 자연을 치유

해 주는 역할도 하니까. 일을 진행하다 보면 변수가 많을 테니 내가 세세한 부분까지 완벽하게 장악해서 관리할 수는 없어."

감각에 의존하는 수밖에는 없다.

단지 위드의 자산이 있다면 그동안 많은 여행을 해 봤고, 동물들의 관점에서도 이곳을 본다는 점이다.

"늪지가 있으면 많은 동식물들이 살아갈 수 있을 거야. 갈대밭도 저절로 형성될 테고……. 그리고 조금 떨어진 곳에는 울창한 숲이 있는 것도 좋지 않을까."

위드는 그런 곳에는 누렁이를 시켜서 땅을 갈고 나무의 씨와 열매를 뿌려 놓았다.

다만 과거와는 다르게 누렁이가 먹고 싶어 하는 여물들은 특별히 구해서 잘 삶아 주었고, 머리도 쓰다듬어 주었다. 평소에는 일어나서는 안 되는 다정한 행동이었는데, 이유에 대해서는 따로 말하지 않았다.

"음머어어어, 이 씨앗은 엘프의 숲에 있는 식인넝쿨이 아닌가, 주인?"

"몰라. 어떻게든 되겠지. 일단 심어 놔."

"요건 높이가 70미터 이상 자라는 거대 엘프목인데… 음머어어어."

"그냥 땅에 부어 버려!"

생존력 강한 나무들은 뿌리를 내리고 잘 자랄 수 있을 것이다.

"동물들이 살아가고, 비가 내리고 바람이 분다면 나머지는 저절로 이루어지겠지."

위드가 점찍어 놓은 지역은 그렇게 하고도 많은 땅이 남아돌았다.

제대로 곡창지대로 조성했더라면 모라타 이상으로 농업을 활성화시킬 수 있는 훌륭한 지역이었다. 현재는 농부들이 이곳까지 진출을 하지 못하였고, 근처에 배회하는 몬스터 떼가 장애일 뿐이다.

이런 노른자위 땅에 생태 습지와 숲이나 만들고 있자니 참지 못하고 탄식이 흘러나왔다.

"만약 여기서 내가 더 싫어할 만한 게 있다면 무엇일까?"

이번에는 땅주인의 관점!

"정말 있어서는 안 될 것이라면……."

만년설, 원시림, 사막의 흐르는 모래, 빙하.

웬만한 곳에는 다 사람들이 살 수는 있다. 하지만 이런 것들이 존재한다면 사람이 거주하기는 무리이며, 땅값도 절대로 오르지 않을 것이다.

"그래도 일부러 조각하기에는 문제가 있어."

주변의 환경과 너무도 어울리지 않는다.

생태 습지 옆에 사막이나 녹지 않는 눈이라면, 아름다울지는 모르나 너무도 뜬금없는 일.

자연은 어우러지며 조화가 이루어져 한다.

"이런 극단적인 경우는 아니더라도… 집주인이 싫어하는 건 많으니까."

지반침하가 이루어지면서 강물이 이리저리 흘러가는 곳에 바위들을 놔두기로 했다.

"흙꾼아!"

"불렀는가."

땅에서 일어나는 흙꾼이들.

위드가 탄생시켰을 때만 하더라도 완전한 힘을 갖추지 못한 미성숙아들이었지만 정령술사들의 부름을 자주 받다 보니 정령으로서의 능력이 보강되었다.

대지와 관련된 마법을 원숙한 수준으로 사용할 줄 알며 느릿느릿하던 동작들이 다소 빨라졌다. 굽은 허리도 꼿꼿하게 펴지기는 했지만, 나이 든 외모는 바뀌지 않았다.

"여기에 돌을 놔두어야겠다."

"어느 정도의 크기에 몇 개나 원하는가."

"크면 클수록 좋겠지. 개수로는 한 3만 개 정도? 그리고 색상은 갈색이나 붉은색이었으면 좋겠어."

위드 본인이 노가다의 달인이다 보니 정령들에게도 아무렇지도 않게 막중한 업무를 지시했다.

"알겠다, 주인."

정령들의 장점은 고분고분하다는 것.

흙꾼이들이 작업을 위해 60여 명이나 소환되어서 땅을 뒤집어 놓았다. 땅속 깊숙한 곳에 파묻혀 있는 돌을 지상으로 끌고 나오고, 아주 멀리 떨어진 곳의 바위를 마법으로 옮겨 왔다.

흙꾼이들이 사용하는 마나의 원천은 소환자와 자연에서 빌려 오게 된다. 위드의 마나도 썰물처럼 빠져나가고 있었다.

그나마 위드와 흙꾼이들의 상성이 매우 잘 맞기 때문에 마나를 적게 잡아먹었다.

미래의 늪지와 숲의 중간마다 치솟는 바위들.

"이 정도 크기면 되겠는가?"

흙꾼이는 곳곳에 바위들을 가져다 놓고 있었지만 위드의 마음에는 차지 않았다. 이곳의 면적을 고려한다면 고작해야 조약돌 정도의 크기로밖에는 여겨지지 않는다.

무릇 조경이라고 하면 감탄이 나와야 하는 법!

"아니야. 훨씬 더 크게. 아예 통째로 암석으로 된 산을 만들어 버려. 가능할까?"

"너무 큰 돌은 우리의 능력으로 가져올 수 없다."

"그렇겠지."

바위들을 설치하는 데 소모되는 마나의 양이 엄청날 정도였다.

"하지만 모래로 된 바위는 가능하다."

"당장 가져와."

사막지대에 주로 형성되는 붉은 사암!

흙꾼이들은 끊임없이 일하면서 이 지역에 붉은 사암층을 높게 형성시켰다.

그러는 사이에 위드는 조각품을 깎았다.

"이왕 한 거 제대로 끝맺음을 해야지. 자연 조각술!"

늪지 예정지에는 아직 얕은 물만 흐르고 있었다. 자연 조각술로 물을 빚어서 안개를 만들어 내고, 막혀 있는 물길도 터 주었다.

"다시는 여기에 농사를 짓지 못하겠군."

조각술의 효과에 따라 점차 번져 나가는 안개!

"음머어어어어어."

누렁이는 꼬리를 살랑살랑 흔들며 좋다고 울었다.

"이걸로도 모자랄 것 같은데……."

위드는 조각품으로서는 썩 만족스럽지 않았다. 하지만 이곳의 지형을 완전히 바꾸어 놓았으니 나머지는 시간에 맡기는 수밖에는 없다.

"기본적인 부분은 손을 봤으니 페어리들을 슬슬 불러내야지. 잘되어야 할 텐데."

퀘스트에 필요한 페어리들을 꾀어내기 위한 방법으로 그들이 좋아하는 꿀을 가지고 요리를 했다.

꿀갈비와 꿀삼겹살!

사람이 먹으려면 이상한 맛이지만 고기와 꿀을 좋아하는

페어리들에게는 제격이었다.
"아깝지만 이것도 한 병 따야 되겠어."
위드는 잘 숙성된 위스키에도 꿀을 탔다.
이른바 꿀소주!
페어리들은 기본적으로 악인들의 앞에는 나타나지 않는다. 어지간해서는 보기도 힘든 무리였다.
하지만 그들의 마음에 한번 들고 나면, 장난을 치기 위해서라도 시시때때로 찾아오곤 했다.
―쿵쿵, 이게 무슨 냄새지?
위드의 어깨에 벌써 페어리가 1마리 앉아 있었다. 머리카락 사이에서 놀다가 잠들었던 페어리가 냄새를 맡고 빠져나온 것이다.
페어리는 파리보다 작은 크기였다.
대체로 페어리들의 몸집이 이렇게 작기는 하지만 조금 큰 것은 손가락만 한 녀석도 있다. 손톱처럼 작은데도 눈·코·입이 다 있으며 투명한 날개까지 파닥이는 걸 자세히 보면 신기하기 짝이 없다.
―꼴깍. 나 줄 거야?
"친구들 불러오면."
―혼자 먹을 건데.
"안 준다."
―데려올게!

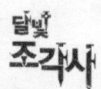

"가능한 많이 불러와."

페어리는 공간의 틈새를 열고 사라지더니 10초도 되지 않아서 다시 나타났다. 친구들을 몽땅 끌고 온 것이다.

— 어떻게 이런 황홀한 냄새가 날 수 있지?

— 우리가 먹어도 된다고 했어.

페어리들은 위드가 마련해 놓은 음식들에 달라붙었다.

고급 요리 스킬로 만든 음식들을 마구 먹어 치우는 페어리들.

— 생선은 없어? 나 생선 좋아해.

이곳이 식당인 줄 알고 주문을 하는 페어리도 있었다.

위드는 꿀을 바른 멸치볶음을 만들어서 그릇에 담아 줬다.

— 와, 바다에 사는 생선이다.

— 달고 고소해.

페어리들은 멸치를 1마리씩 들고 와삭와삭 깨물어 먹었다.

배를 빵빵하게 채우고 나서 장난꾸러기 요정들은 주변에도 관심을 가졌다.

— 여긴 어디지?

— 저번에 왔을 때와 달라졌어.

— 이상하게 바뀌었네.

— 우리가 놀 곳은?

— 복잡해져서 더 신 나!

요정들은 물가에서 헤엄을 치고, 사암 위로 날아다니면서 술래잡기도 했다.

> -요정들의 놀이터가 되었습니다.
> 요정들에 의하여 자연의 힘이 극대화됩니다.
> 지형이 변화하고 있습니다.

물에 젖은 땅

바람이 사방에서 몰아치듯이 불어왔다.

강물이 출렁거리면서 범람을 했다. 차오른 물이 넘쳐 나면서 대지를 더욱 촉촉하게 젖어 들게 만들었다.

쏴아아아아!

구름이 몰려들며 소나기가 내렸다.

"이제 할 수 있는 건 다 했으니 어떻게 변해 가는지 기다려 봐야지."

위드는 누렁이와 함께 그 비를 맞으며 구경하고 있었다.

로열 로드에서는 비를 맞으면서 상쾌하게 뛰어다니는 것도 아주 재미가 있었다. 평원에서 내리는 비에 흠뻑 젖어 가면서 사냥터로 이동하는 파티들을 언제나 흔하게 볼 수 있다.

비가 내리는 날에는 선술집과 식당도 붐비지만 성문 근처에서 사냥하는 초보들만큼은 쉬지 않는다.

 비를 맞으며 도시의 광장과 시장에서 장사를 하는 사람들, 대화를 나누는 이들, 분수대와 위대한 건축물들 주변에 앉아 있는 사람들에게도 나름의 낭만이 있었다.

 ─ 재밌다, 재밌어.
 ─ 그만 돌아갈까?
 ─ 아니야. 계속 여기서 놀자. 맛있는 것도 먹고 말이야.

 페어리들이 놀면서 물풀, 개구리밥처럼 늪지에서 자라는 수백 종의 다양한 식물들이 퍼지며 무성하게 자라났다.

 수분을 많이 먹고 자라는 나무들도 물 근처에 뿌리를 내리면서 기우뚱하니 특색 있게 성장했다. 주름 많은 나무들끼리 엉키면서 그늘을 길게 드리웠다.

 정령들이 놀면서 건조하고 단단하던 땅이 무르게 변화해 가고, 잔잔하던 물가에 수중 생물들이 등장하여 헤엄을 쳤다. 갈대밭이 생겨나고 이름 모를 꽃들도 늪지에 옹기종기 모여서 피어났다.

 무성하게 자라난 나무들은 곧 잎들이 붉은색으로, 누렇게 변하면서 땅으로 떨어졌다.

 그리고 하늘에서는 눈송이들이 내리기 시작했다.
 "여기는 벌써 겨울이 왔군."
 눈이 땅으로 떨어질 무렵에는 땅에서 새싹들이 돋아났다.

뜨거운 햇빛이 비치고, 다시 단풍이 우거지고 눈이 내렸다.
나중에는 소나기와 눈, 햇빛, 단풍까지 뒤섞여서 엉망진창!
페어리들이 있으면 곧잘 비정상적인 일이 벌어지게 된다.

제대로 자연 늪지가 형성이 되려면 긴 세월을 필요로 하지만, 페어리들의 능력에 의하여 마법처럼 그 기간이 단축되고 있었다.

계절의 변화가 적어도 200년에 달하도록 흘러갔다. 어느새 늪지에는 헤아리기 어려울 정도로 많은 생명과 식물들이 살아갔다.

"음머어어어어."

위드와 누렁이가 서 있는 바위 주변에도 허리까지 빠져 버릴 정도로 깊은 늪이 형성되었다. 늪에 피어 있는 꽃들의 모습이 예쁘기도 했다.

"자연의 생명력이 드러나는, 그럭저럭 괜찮은 작품이 된 것 같기도 하군."

넓은 땅이 몽땅 늪으로 변했지만 동식물들이 살아가는 것들을 보면 나쁘지 않았다.

이름도 모를 수많은 작은 생명체들이 잎사귀에 앉아 있다가 물에 뛰어들어 헤엄을 친다.

늪에서도 조금 큰 물줄기에는 생선들도 팔딱팔딱 뛰어다녔다.

하늘에서는 맑은 울음소리와 함께 새들이 찾아와서 늪지

주변을 날아다녔다. 늪지가 형성되면서 주변의 새들이 모여 드는 것이다.

그리고 주변 지역 전체의 땅이 뒤흔들렸다.

위드가 흙꾼이들을 동원하여 형성해 놓은 조경용 사암층들이 마구 솟구치고 있었다.

사암층이 웅장하게 사방으로 뻗어 나가면서 일대의 지형을 송두리째 바꾸어 놓는 것이다.

늪지의 경계 너머에는 제법 경사가 있는 언덕들이 있었다.

위드가 나중에 포도 농사라도 하면 괜찮겠다고 점찍어 놓은 곳들.

강과 늪지를 병풍처럼 두른, 계단식 사암 산악 지대가 형성되고야 말았다.

사암 산악 지대에서도 물이 흐르면서 꽃과 풀이 자랐다. 계곡처럼, 맑은 물이 높은 곳에서 떨어지며 웅덩이도 생성되었다.

"여긴 완벽하게 쓸모없는 땅이 되었군."

아직 아르펜 왕국의 땅이 아니었음에도 불구하고 위드는 너무나도 아까웠다.

사암에 올라서 주변을 바라보면 정말 예술과도 같은 경치였지만, 문제는 세금을 거둘 수 없지 않은가.

페어리들로 인한 변화는 그 후로도 계속되었다.

악어와 같은 동물도 살게 되었고, 수중 생물과 곤충, 새

들이 돌아다녔다.

늪지에 피어 있는 꽃들을 찾아서 노란 나비가 날아다니는 모습은 또 얼마나 아름다운지.

바람이 불면서 나뭇잎을 흔들어 소리를 내고, 새들과 동물이 울었다.

자연이 내는 음악이 이 땅에서 계속 흘러나왔다.

—만드신 조각품의 이름을 정해 주십시오.

"이건… 절망과 통곡 그리고 후회로 가득 찬 땅이라고 해야 될까."

—절망과 통곡 그리고 후회로 가득 찬 땅이 맞습니까?

이렇게 이름을 지으려니 너무나도 속이 보이는 것 같았다.
'조금은… 너무 단순하지 않고 시적인 표현을 하는 것도 괜찮겠지.'

자연 조각품의 이름을 바꾸기로 했다.

"아니야. 벌써 저질러 버린 이상은 어쩔 수가 없겠지. 이름은 물에 젖은 땅으로 하겠다."

—물에 젖은 땅이 맞습니까?

"맞아."

띠링!

자연의 대작! 물에 젖은 땅을 완성하셨습니다.
세기의 조각사가 자연을 조각한 작품!
생명의 보고인 늪과 샘, 사암지대를 조각하였습니다.
자연의 힘을 이용할 줄 아는 조각사만이 해낼 수 있는 일로, 이곳에는
희귀한 엘프들의 나무들과 까다로운 요정들의 풀이 자라고 있습니다.
살아가는 동식물의 개체 수와 규모 면에서 대륙에 손꼽힐 만한 장소
입니다.
이곳은 조각사가 자연으로 돌려주는 소중한 선물이 될 것입니다.
예술적 가치 : 8,142.
특수 옵션 : 물에 젖은 땅에서 동식물의 새로운 종이 탄생할 수 있습
니다.
생명의 원천으로, 방문하는 이들의 생명력과 마나를 일주
일간 50% 늘려 줍니다.
전 스탯 19 상승.
전염병과 독에 대한 내성이 영구적으로 1% 증가.
주변 일대 동물들의 성장 속도를 높입니다.
광범위한 주변 지역의 자연을 맑게 정화합니다.
지금까지 완성한 자연 대작의 숫자 : 1

-조각술 스킬의 숙련도가 향상되었습니다.

-손재주 스킬의 숙련도가 향상되었습니다.

-명성이 4,093 올랐습니다.

-예술 스탯이 19 상승하셨습니다.

-지혜가 7 상승하셨습니다.

-지력이 9 상승하셨습니다.

-용기가 3 상승하셨습니다.

-생명이 숨 쉬는 원천을 조각하여, 자연과의 친화력이 49 오릅니다.

-대작 조각품을 만든 대가로 전 스탯이 3씩 추가로 상승합니다.

-요정들과 엘프들과의 관계가 더욱 우호적으로 바뀝니다.

대작을 완성할 때마다 조각사로서 느끼는 기쁨과 충만감은 이루 말할 수가 없다.

지금이야 위드가 쌓아 놓은 스탯이 워낙 많지만, 예전에는 조각품을 성공적으로 만들 때마다 얻는 1~2개씩의 스탯들로 전투가 다르게 느껴졌을 지경이다.

"땅을 바치고 조각품을 얻다니……."

그럼에도 위드는 무언가 아쉽고 손해 보는 느낌이었다.

"페어리들의 도움으로, 긴 세월로 다듬어지는 조각품을 대륙의 북부에 만들고 왔습니다."

"성공하셨구려. 어떤 일이든 해내는 것을 보니 불가능을 모르는 조각사 같소이다."

"예술을 위한 조각사의 손에서는 어떤 기적이라도 이루어질 수 있는 법이지요. 저는 오로지 순수하게 예술만을 생각하였고, 자연 생태계를 생각하였을 뿐입니다."

위드는 로디움으로 와서 퀘스트를 보고했다.

띠링!

긴 세월로 다듬어지는 조각술 완료
거장 조각사 위드는 다방면에 걸쳐 천재성을 드러내고 있다. 그의 작품들은 특별한 가치를 지니며 정의를 수호하는 역할을 하며, 때론 한 지역을 대표하기도 한다.

-명성이 1,600 올랐습니다.

-조각술 스킬의 숙련도가 향상되었습니다.

-대륙의 조각사 길드에서의 평가치가 향상됩니다.

"후후."

위드의 입가에 가벼운 미소가 맺혔다.

'이번에도 성공했으니 이런 식으로 간다면 조각술 최후의 비기도 익혀서 정말 떼돈을 벌어들이게 되겠어. 매일 들어오는 돈을 세다가 하루가 지나 버리고, 돈을 어떻게 써야 할지

고민하느라 스트레스를 받고……!'
 숨 막힐 듯한 기쁨!
 "우헤헥헤헤헷."
 썩은 미소가 주체할 수 없을 정도로 지어지려고 해서 숨이 잘 안 쉬어졌다.
 노인이 환하게 미소를 지었다.
 "이 정도의 실력을 갖고 있으니 말을 해도 되겠군. 지금까지의 부탁들은 자격을 시험해 보는 정도에 지나지 않았지. 베르사 대륙의 역사에 대해서 잘 알고 계시오?"
 "약간…은 압니다."
 "그렇다면 대륙의 8대 미궁 중에서 수많은 모험가들을 잡아먹었다고 알려진……."
 "미친 악마가 산다는 로드릭 미궁 말씀이십니까?"
 "정확히 알고 있었구려. 과연 거장 조각사답게 대륙의 역사에 대해서도 모르는 것이 없소."
 위드는 확실히 알고 있을 수밖에 없었다.
 '대륙 8대 미궁. 이런 곳에는 절대 가지 말아야지.'
 위험한 것도 어느 정도여야 하지 않겠는가.
 로열 로드가 열리고 난 초창기부터 대륙 8대 미궁은 유명했다.

　- 들어가면 죽음.

- 순식간입니다.
- 길어야 1분.

주민들과 거리의 행인들조차도 8대 미궁에 대해서는 고개를 저었다.

그와 관련된 의뢰도 잘 나오지 않았다.

"내 아들이 로드릭의 미궁으로 들어갔다고 하는데… 아들은 노튼 왕국의 왕실 기사라오. 그날 이후로 못 봤지."

유저가 물었다.

"아들을 찾지 않으실 겁니까?"

"휴우, 어쩌겠소. 그 녀석의 수명이 거기까지라고 생각을 해야 되겠지. 뭐, 그냥 포기했소."

주민들조차 8대 미궁과 관련된 것들에 대해서는 체념을 해 버리는 것이다.

그렇다고 어디 유저들의 호기심이 굴복할 수 있겠는가.

"가 보죠. 우리 정도의 파티라면 대륙에서도 흔치 않을 겁니다."

로열 로드가 열리고 나서 그렇게 많은 시간이 지나지 않았을 무렵, 레벨 200대의 유명한 파티가 로드릭 미궁에 들어갔다.

사실 그 정도의 레벨로는 다른 위험한 던전에 가기도 버거웠다. 하지만 모든 것이 도전이고 모험이었던 시기라서, 가

장 높은 난이도의 던전에서 이름을 날리고 싶은 욕심을 이기지 못했다. 저마다 어느 정도의 능력도 있고, 자신감도 가진 상태였다.

그리고 결과는 몰살!

-실패네요. 지하 1층의 입구 부근에서 전부 죽었습니다.

시간이 지나고 유저들의 수준이 오르면서 도전하는 파티는 계속 나왔다.

레벨 300대, 400대의 파티들도 모조리 죽었다.

무서운 것은, 미궁의 특성상 들어가게 되면 입구가 막혀 버리게 되어서 단 1명도 살아 나오지 못했다.

노인은 그런 8대 미궁 중에서도 유별나게 함정이 많고 몬스터들의 수준도 극악한 로드릭 미궁에 대하여 말을 꺼낸 것이다.

더군다나 로드릭 미궁은 얼마 전에 중견 길드 아이언모닝스타에서 도전을 한 적도 있었다.

자그마치 600명이나 되는 대인원이 들어가더니 어김없이 몰살!

성과 도시를 지배하고 있는, 상당히 알려진 아이언모닝스타는 도전이 실패로 끝나면서 자중지란까지 일어났다고 한다.

"로드릭 미궁이라면 저에게는 너무 어려운 장소인 것 같습니다."

"아니오. 지금까지 맡았던 일들을 완벽하게 해낸 것으로 봐서 이번 일도 확실히 해 줄 것으로 믿소."

-찬란한 아름다움의 표현법과 관련된 의뢰는 중간에 미루거나 포기할 수 없습니다. 계속 진행됩니다.

"대마법사 로드릭은 특이한 사람이었다오. 여러 종류의 물건들을 모으는 취미를 가졌고, 예술품도 아주 좋아했지."

위드는 아무래도 너무 무리라고 생각되었지만 로드릭 미궁과 관련된 귀중한 정보, 배경 설명에 대해서는 빠뜨리지 않고 듣고 있었다.

"로드릭은 마법사답게 탐구욕이 무척 강했다오. 그는 새로운 마법을 개발하기도 하였고, 여러 가지의 마법을 조합하여 쓸 줄도 아는 천재였지. 찬란한 아름다움을 표현하는 조각사들의 연구에도 관심을 갖고 참여하였지."

노인은 그리고 길게 설명을 했다.

로드릭은 조각사들과 술을 마시면서 그들의 고민거리를 들었다. 그날 이후로 찬란한 아름다움을 표현하는 방법에 대한 연구를 하면서 상당한 진척을 이루어 냈다.

물론 그 내용은 쓸데없이 비밀을 잘 지켜서, 참여한 조각사들과 로드릭만이 알고 있었다고 한다.

"조각사들이 찬란한 아름다움을 표현하는 법을 연구하고 나서 그렇게 아주 긴 시간이 흘렀다오. 이제는 그 연구에 대

해서 정확히 아는 사람도 남아 있지 않지. 로드릭은 호기심이 무척 왕성하였는데 그가 소환술에 손을 뻗친 건… 매우 불행한 일이었다오."

원래 모든 일들이 비슷했다. 조금 잘나간다고 거만해지거나 자만심을 갖게 되면 몰락의 길을 걷게 된다.

'200원 더 비싼 소금을 사는 것처럼 최악의 선택을 했군.'

노인은 깊은 한숨을 쉬었다.

"악마를 소환하여 그 힘을 연구하고자 하였으나 싸움이 벌어지고 말았지."

"아, 악마요……."

"이길 수 없다는 것을 깨달은 로드릭은 자신이 마법을 연구하던 던전을 외부로부터 폐쇄하였다오. 들어올 수는 있어도 나갈 수는 없도록……."

위드의 눈앞에 영상이 나왔다.

늙은 마법사와 악마의 다툼.

마법사가 스태프를 든 채로 주문을 외울 때마다 어마어마한 마법이 작렬했다.

악마가 얼어붙고, 지옥의 불처럼 타올랐다.

몸이 새까만 악마는 긴 꼬리를 가졌으며 날개를 가지고 있어서 날 수도 있었다. 고위 마법의 끔찍한 공격을 당하면서도 큰 상처는 입지 않았다.

대마법사 로드릭에게는 그를 지켜 주는 많은 가디언과 인간 기사도 있었다. 전투가 벌어지면서 그들이 차례차례 죽음을 맞이하고, 새끼 악마들이 열린 흑색 공간에서 하나씩 튀어나왔다.

점점 승세가 기울자, 결국 로드릭은 던전에 설치되어 있는 방어 마법을 작동시켰다.

"위대한 마나의 힘으로 이곳은 일그러진 공간으로 재배열될 것이며 자신에게 두려운 환영이 시작되리라. 악마 몬투스, 너 역시 인간들이 사는 세상으로는 영원히 나가지 못할 것이며, 지옥으로도 돌아가지 못하리라."

"안 된다. 쿠에에엑!"

악마에 의하여 로드릭은 목숨을 잃었다.

그리고 던전에는 공간을 왜곡하는 마법이 펼쳐지게 되었다.

길을 똑바로 걷다 보면 자꾸만 엉뚱한 곳으로 가게 된다. 수없이 많은 갈림길이 나타나서 앞으로 걷다 보면 옆의 방에 도착하기도 하고, 갑자기 지하 2층으로 내려가게도 된다.

던전의 어딘가에는 밖으로 나가는 문이 분명히 있을 테지만 그곳을 찾은 이는 누구도 없다. 미궁의 안으로 들어가면 길을 찾지 못하고 악마병들과 발동된 함정에 의해 죽기 마련이다.

그날부터 들어가면 길을 찾을 수 없는 미궁이 되어 버린 것이다.

로드릭 미궁은 독특한 점이, 마법 연구를 하던 던전이라고는 믿을 수 없을 정도로 거대하고 화려했다. 원래는 지상에 지어져 있던 몰락한 국가의 왕궁을 로드릭이 마법으로 지하로 옮겨 놓았던 것이다.

위드는 아이언모닝스타 길드가 미궁에 들어가서 싸우는 방송을 봤던 기억을 떠올렸다.

'악마병들과 전투를 하는 영상이 굉장히 아름답기는 했지. 시청률도 꽤 많이 나왔고.'

정확히 말하면 멋진 배경을 바탕으로 악마병들에 의하여 아이언모닝스타 길드가 단체로 죽어 나가던 장면이 일품이었다.

게다가 로드릭이 불러 놓은 환영!

미궁 내에는 온갖 종류의 몬스터들이 돌아다니는데, 자신들이 진짜인 줄 알며 싸움을 걸기도 했다.

그들의 존재가 심각한 이유는 환영에게라도 맞으면 생명력이 똑같이 줄어든다는 점. 게다가 막상 사냥에 성공하더라도 신기루처럼 사라져 버리게 되니, 이들도 엄청난 골칫덩이다.

'아이템을 안 주다니… 정말 최악의 몬스터라고 할 수 있어.'

로드릭이 연구하던 변종 몬스터들도 풀려나와서 돌아다니는데, 특별한 능력들을 하나씩은 갖고 있었으며 보호 마법까지 충실히 걸려 있다.

막막함과 절망 그리고 죽음의 미궁 그 자체!

영상을 통해서지만 로드릭 미궁을 봤던 느낌은 그것만으로도 충분했다.

정말 가장 큰 문제는, 들어가더라도 누구도 찾아내지 못한 출구를 알아내거나 미궁을 정복하지 않는 이상 바깥으로 나올 수가 없다는 점.

위드가 그곳에서 죽으면 레벨과 숙련도 하락 그리고 최후의 비기를 얻는 퀘스트는 실패해 버리고 끝이 난다.

조각 생명체들까지 데려간다면 그것은 완벽한 몰살을 의미했다.

미궁으로 다시 들어가서 생명을 부여하여 되살릴 수는 있겠지만 빠져나오지 못하는 이상 끝이었다. 위드가 데리고 있는 조각 생명체들을 영구히 잃어버릴 수 있었다.

위드가 인상을 찌푸렸다.

"마법사 로드릭이 가지고 있었던 연구 기록들이 찬란한 아름다움의 표현법을 위해서는 반드시 필요하겠지요?"

"잘 알고 있구려. 조각사들이 무엇을 추구했는지 알기 위해서는 기록을 살펴봐야 한다오. 그리고 한 가지 명심해야 할 것은, 너무 늦으면 안 된다오. 다른 사람이 먼저 그 연구 기록들을 입수해도 안 되고, 악마들의 손에 들어가게 된다면 놈들은 기록을 가지고 미궁을 벗어날 수도 있을 것이니."

띠링!

> **로드릭 미궁**
> 미궁에는 하급 악마 몬투스와 그의 부하들이 갇혀 있다.
> 그들은 호시탐탐 세상으로 나오려고 하고 있기에 미궁 안으로 들어가면 싸움은 피할 수 없다.
> 최초로 로드릭의 연구 기록을 읽어야만 다음의 퀘스트로 이어지게 될 것이다.
> **난이도**: 조각술 최후의 비기 퀘스트.
> **퀘스트 제한**: 사망했을 시에는 퀘스트 실패.
> 최초로 로드릭 미궁을 정복해야 함.

"조각사들이 그토록 바라던 염원을 제 손에서 반드시 이루어 내도록……."

위드의 말이 채 끝나기도 전이었다.

"위험한 일인데, 잘 다녀오시구려."

-퀘스트가 부여되었습니다.

"……."

뜸 들이면서 받는 여유조차도 주지 않고 퀘스트 부여 완료!

위드는 로디움의 거리로 나와서 생각에 잠겼다.

'이번 의뢰가 어려울 거라고 어느 정도까지는 예상을 했

던 일이야.'

연계 퀘스트의 흐름상 지금까지 조각술 최후의 비기를 얻기 위하여 여행도 했고, 대재앙도 일으켜 보고, 광휘의 검술로 단련도 되었다.

'괜히 강해지라고 하진 않았던 거지.'

지금까지는 그래도 퀘스트들이 그럭저럭 할 만은 했다.

대재앙을 일으키는 퀘스트가 위험했다고는 해도 정신을 똑바로 차리면 살 확률이 높다. 더군다나 먼저 작정하고 종류까지 선택하여 일으키는 재앙이니 충분한 준비도 할 수 있지 않던가.

벌새의 여행이야 관광과 머리를 식히는 용도였고, 광휘의 검술도 노력으로 극복할 수 있었다.

위드는 일주일을 남겨 놓고 광휘의 검술 레벨을 목표치까지 다 올렸지만, 그건 정해진 날짜까지 충분히 달성할 수가 있기에 여유를 가졌기 때문.

화장실 가는 횟수까지 줄일 정도로 악착같이 했다면 그보다 며칠은 더 단축할 수가 있었다.

단순 노가다 퀘스트야말로 위드의 주 전공이었지만 로드릭 미궁은 위험부담이 너무 컸다.

'이번에야말로 정말 실패할 확률이 높은, 그리고 모든 것을 잃어버릴 수도 있는 의뢰를 받아들이게 되었군.'

위드의 가슴은 긴장감으로 두근거렸다.

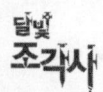

최근에는 정말 어려운 퀘스트가 없이 대충은 해 볼 만했다.
 직업 마스터 퀘스트도 조각술의 비기들을 다 갖추고 있어서 흐름을 쉽게 따라갈 수가 있었다.
 '대부분 시작하기 전부터 성공할 거라고 예상하고 있었지. 그리고 실패하더라도 다시 시도할 수 있어서 여유도 많았고.'
 마법의 대륙 시절부터 전설이 되었던 위드.
 불가능하다고 여겨졌던 모험들을 기적처럼 이루어 냈기 때문이다.
 조각술 최후의 퀘스트는 조각술의 비기를 몽땅 갖고 있다는 것을 기준으로 하기 때문에 난이도가 터무니없이 높을 수밖에 없다.
 위드는 여러 가지 방향으로 깊이 생각을 해 보고 나서 고개를 끄덕였다.
 "이번 퀘스트는 제대로 준비하지 않는다면 진짜 실패하겠군. 시간을 미뤄 두고 오래 끌 수도 없겠지."
 다른 유저들도 당분간은 로드릭 미궁을 정복하진 못한다. 절대 죽는 곳으로 알려진 다른 미궁들 중에도 어느 곳 하나 모험가의 발길을 허락한 곳이 없었다.
 그렇지만 누구든 로드릭 미궁을 정복한다면 조각술 최후의 비기 퀘스트는 없어져 버리게 된다.
 "악마 몬투스가 뛰어나오기 전, 그리고 중앙 대륙의 전쟁이 정리가 되어서 북부로 침공이 이루어지기 전에 최후의 비기를 얻어야 돼."

그저 앞으로의 일이 막막할 뿐이었다.

최후의 비기가 대체 어떤 것인지 알기라도 한다면 마음이 편하련만.

고생 끝에 낙이 오지 않고 절망감만 얻게 되면 어떻게 하겠는가.

인생은 뿌린 대로 거둔다는 말도 맞지만 노력한 만큼 꼭 성과가 따라오지도 않았다.

"역시 부잣집 아들만 한 게 없는데."

위드는 일단 소므렌 자유도시에 있는 프레야 교단으로 향했다. 미궁으로는 일단 최대한의 병력을 데려가야 했다.

"우리 파티가 조금만 더 공헌도를 올리면 성기사를 초대할 수 있을 거야."

"그럼 바트랩 마굴에도 갈 수 있는 거야?"

"물론이지. 그러려고 프레야 교단에 와서 계속 퀘스트를 하고 있는 거잖아. 거기서 사냥하면서 우리가 필요한 장비는 다 맞출 수 있을걸."

소므렌 자유도시의 프레야 교단의 총본영은 여전히 유저들로 북적였다. 브리튼 연합 왕국의 전쟁도 이곳까지는 그다지 피해를 주지 못한 모습이었다.

"대신관님께 안내를 부탁드립니다."

"먼 길을 오셨군요. 바로 모시겠습니다."

입구를 지키는 경비병들과 사제들은 먼지투성이인 위드를 알아보았다.

그리고 바로 대신관이 있는 장소로 안내했다.

성기사들의 집결

"오오, 우리 프레야 교단의 은인이며, 나의 형제여!"
"대신관님을 뵙습니다."

위드는 아르펜 왕국의 국왕인 신분에도 불구하고 거만을 떨지 않고 기사처럼 검을 올려서 예의를 취했다.

부탁할 것이 없었다면 잘 지냈냐고 턱 끝으로만 인사를 끝냈겠지만, 지금은 자기 자신을 낮춰야 할 때였다.

"프레야 교단은 도처에서 창궐하는 엠비뉴 교단과 힘겨운 싸움을 하고 있다네. 그대가 구해 준 헤레인의 잔과 파고의 왕관 덕분에 우리는 엠비뉴 교단과의 싸움에서 밀리지 않을 수가 있었지."

대륙의 정의를 수호하는 모든 교단이 엠비뉴 교단과 싸우고 있다. 왕국의 존립이 위태롭거나 주민들이 많이 사는 마을이 짓밟히려고 할 때에 성기사단이 나타나서 구해 주는 경우도 많았다.

성물을 되찾은 프레야 교단과 루의 교단은 엠비뉴 교단과의 전쟁에서 어마어마한 활약을 하고 있는 중이었다.

위드는 겸손함 외에 때로는 공을 내세우며 잘난 척도 할 줄 알았다.

"맞습니다. 그게 다 제 덕이지요. 그렇지만 대신관님께서 제게 올바른 길을 안내해 주지 않았다면 어찌 그런 일을 해낼 수 있었겠습니까?"

"프레야 교단의 모든 신도들은 그대의 모험에 찬사를 보내며, 악을 물리치고 사람들을 편안하게 하기 위하여 헌신하고 있음을 믿고 있다네. 북부에 사는 주민들에게 큰 빛이 되어 준다는 이야기가 이곳까지 들리고 있어."

"저 역시 아르펜 왕국에서 프레야 여신을 믿고 따르는 이들이 늘어나는 점을 기쁘게 생각합니다."

"북부 대성당의 건축이란 참으로 경이로운 일이었지."

"저 역시 프레야 교단을 위한 일이라서 행복한 경험이었습니다."

위드는 건축비가 늘어 갈 때마다 아까워했던 기억을 떠올리면서 아부를 했다.

"오늘은 차나 마시면서 천천히 이야기나 하지. 모험을 많

이 했다는데, 듣고 싶군."

 친밀도와 명성이 높아서 대신관과 편안히 이야기를 할 수 있는 기회를 얻었다. 프레야 교단에서 입수한 정보들을 들을 수도 있었으며, 이곳에 있는 음식들을 공짜로도 먹을 수 있다.

 그렇지만 위드는 해야 할 일이 많아서 노닥거릴 시간이 없었다.

 "제가 중요한 일을 해야 해서 프레야 교단에 긴급한 도움을 청합니다."

 "어떤 일인가?"

 "믿음이 강한 성기사와 신의 축복을 실현할 수 있는 사제들을 보내 주시길 원합니다. 그들과 같이 싸운다면 어떤 역경이라도 이겨 낼 수 있으리라 생각합니다."

 위드의 부탁에 대신관은 고개를 끄덕였다.

 "프레야 교단에서는 형제나 다름없는 그대를 위하여 기꺼이 검을 뽑고 기도를 할 것이네. 지금 많은 이들이 엠비뉴 교단과 싸우고 있어서 빼낼 수 있는 병력이 많지는 않은데, 몇 명이나 필요로 하는가?"

 "현재 동원할 수 있는 전부를 바랍니다."

 위드는 아예 프레야 교단의 기둥뿌리를 뽑으려고 직접 찾아왔던 것이다.

 "그대가 쌓은 공로라면 가능한 일이지. 그러나 말했듯이 지금은 엠비뉴 교단과의 싸움 때문에… 이곳과 북부 대성당의 인원을 합쳐서 성기사 240명과 사제들 120명 정도는 파견이 가능할 것이네."

"올바른 일을 하기 위한 큰 도움이 될 것입니다."

"하지만 그들이 목숨을 잃는다면 프레야 여신의 진노를 살 수도 있을 거야."

"명심하고 있습니다. 제 몸처럼 아끼겠습니다."

생각했던 것보다는 프레야 교단에서 많은 것을 뜯어내지 못했다. 엠비뉴 교단과의 전쟁은 위드에게도 이런 식으로 피해를 주었다.

그럼에도 성기사들의 레벨은 보통 300대 중반에 이른다.

과거 진혈의 뱀파이어족에게서 구할 때만 하더라도 그보다는 훨씬 낮았지만, 전투를 경험하거나 신에 대한 봉사를 하면서 강해진 것이다.

사제들은 그보다는 조금 떨어져서 310 정도가 평균 레벨이라고 알려져 있다.

성기사보다도 사제들이 공헌도를 쌓아서 데려가는 데 인기가 있는 편이었다. 성기사는 없더라도 사냥을 갈 수 있지만, 던전으로 파티 사냥을 가는데 사제가 1명도 없으면 곤란하였기 때문이다.

'내가 노예처럼 고생하면서 성물도 찾아 주고 신도들도 늘려 주었는데. 대성당도 지어 줬는데…….'

위드는 아쉬워서 물었다.

"더 많은 병력을 보내 줄 수는 없겠습니까?"

"그대의 부탁이니 무리를 한다면 이곳을 지키는 성기사와 사제까지도 포함시켜 줄 수도 있겠지. 성기사 40명과 견습 사제 135명을 더 불러 줄 수는 있을 걸세."

견습 사제는 레벨이 200도 안 되었다.

전투 중에는 사제의 역할이 매우 커서 도움이 되겠지만 그들을 보호하는 것도 일이었다.

사제들이 목숨을 잃으면 교단과의 관계도 더욱 많이 악화된다.

'기둥뿌리 하나는 남겨 놓아야 되겠군. 어차피 성공한다는 보장도 없는 퀘스트이니…….'

위드는 고개를 저었다.

"성기사들은 고맙게 받겠습니다. 앞으로 악착같이 고생을… 아니, 그들과 함께 대륙의 평화를 지키기 위하여 노력을 하겠습니다. 그러나 견습 사제는 필요하지 않습니다."

"엠비뉴 교단과의 전투 때문에 많은 이들을 지원해 주지 못해서 미안하군."

"아닙니다. 이만큼도 대단한 전력입니다."

성기사와 사제 들을 이렇게 많이 끌고 갈 수 있는 것도 위드이기 때문에 가능했다. 엠비뉴 교단과의 전쟁으로 인해 현재는 성기사들을 잘 빌려 주지도 않았던 것이다.

'퀘스트에 실패하고 로드릭 미궁에서 몽땅 다 죽어 버리면 프레야 교단과의 우호 관계도 끝장이 나겠군.'

위드가 깊은 한숨을 내쉬는 사이에, 프레야 교단에서는 도움을 줄 성기사들과 사제들이 모집되었다.

프레야 교단의 문양이 가슴에 새겨져 있는 당당한 성기사들. 그리고 아리따운 여사제들과 잘생긴 남자 사제들!

어쩌면 몽땅 사지로 가게 될지도 모를 일이었다.

위드와 모험을 함께하기 위해 모집된 사제들 중에는 알베론도 있었다.

"무슨 고민거리가 있으신지는 모르겠지만 위드 님이 하시려는 일이라면 프레야 교단과 대륙을 위해서도 꼭 필요한 것이라고 믿습니다."

"……."

철저히 사리사욕으로 미궁에 가려는 것이었는데도 믿음을 주는 알베론.

"다시 너와 함께하게 되었구나. 잘 부탁한다."

위드는 고마워서 알베론의 어깨를 두들기면서 생각했다.

'나중에 자식을 낳으면 절대 이렇게 키우진 말아야지.'

험한 세상, 함부로 사람 잘못 믿으면 그대로 죽는 것이다.

위드는 루의 교단에 가서도 협조 요청, 즉 병력을 빌려 달라고 요구했다.

"루의 뜻을 펼치는 기사여, 깊고 어두운 곳까지 퍼져 있는

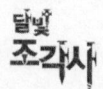

그대의 명예를 믿습니다."

루의 교단에서도 400명의 성기사를 파견하기로 결정!

프레야 교단보다는 공헌도가 낮았지만 사제보다는 성기사 위주로만 요청을 한 덕분이었다.

무엇보다 특별한 점은 바르칸의 가슴에 꽂혀 있던 루의 검이었다.

위드가 간직하고 있다가 넘겨준 신검이 아골디아로 가서 힘을 회복하고 돌아왔다.

검의 주인은 성기사 데리안.

루의 교단에서 최고의 기사로 꼽히는 그가 루의 검을 착용한 채로 위드의 모험에 따라나서기로 하였다.

"위드 님께서 그동안 엠비뉴 교단과 어떻게 싸워 왔는지 소문을 통하여 들었습니다. 루의 뜻을 따르지 않았더라면 저는 기사로서 충성을 다하였을 것입니다. 엠비뉴 교단과의 싸움이 중요하지만 위드 님을 돕는 것 역시 그 못지않은 일이라고 생각합니다."

위드는 꼭 기뻐할 수만은 없게 되었다.

다시금 급격하게 커져 가는 스케일!

"에휴, 벌써 낙엽이 떨어지는군."

이현은 청소를 하기 위해 마당으로 나왔다.

큰일을 앞두고 집을 깨끗하게 청소하는 것이 그의 오랜 습관이었다.

징크스라고 부를 수준은 아니었고, 만약 로열 로드에서 목숨을 잃고 캡슐에서 나왔다면 집이라도 깨끗해야 기분이 좋지 않겠는가. 가장 저렴한 취미 생활로 청소, 빨래, 설거지를 하고 있는 이현이었다.

"평소와 다르게 조금 조용하군."

이현은 마당에 나와서 물건들을 정리하기도 하고, 빗질로 낙엽을 쓸었다. 그러다가 무언가 심각한 허전함을 느꼈다.

여동생은 학교에서 아직 돌아오지 않을 시간이었다.

"설마 이 고요함은… 안 돼! 보신이가 없어졌어."

납작하게 엎드려서 꼬리를 흔들면서 애교를 부리던 강아지. 몸보신이 목줄을 남겨 놓고 없어진 것이다.

"안 돼. 집에 된장이 얼마나 많이 남아 있는데."

사실 오리나 닭은 잡아먹었어도 개를 잡기는 꺼려졌다. 개의 육질을 연하게 만든다면서 몽둥이로 죽을 때까지 때리는 것이 얼마나 야만적이고 잔인한 일인가.

"동물보호협회 등에서 고소가 들어올지도 몰라."

벌금에 대한 두려움!

더군다나 지금의 몸보신은 아직 6개월밖에는 안 되어서 한참이나 덜 자랐다.

서윤에게 전부터 키우던 몸보신을 주고 나서, 개천 주변에서 열리는 오일장에서 무려 2만 원에 구해 온 녀석이었다.

이른바 몸보신 2세!

몸보신 1세는 동네를 돌아다니다가 이현의 집에 들어오고 난 이후로 새를 잡아다가 바칠 정도로 영특했다. 지금 키우는 강아지는 그 정도는 아니지만, 사람을 잘 따르고 늠름한 면이 있는 백구였다.

"이 녀석을 빨리 찾아야 되는데……."

이현은 정붙이고 키우던 동물이 없어졌다기보다는 지갑에서 만 원짜리 두 장이 사라진 것 같은 안타까운 심정으로 수색에 나섰다.

집 안에서는 발견하지 못했지만 몸보신이 딱히 갈 장소는 없었다.

"대문도 확실히 잠겨 있고… 이럴 줄 알았으면 지난 복날을 그냥 허투루 보내는 것이 아니었는데."

이현은 혹시나 싶어서 서윤의 집으로 건너갔다.

두 집 사이에는 형식적으로 낮은 나무 울타리가 있고 편하게 오갈 수 있도록 아예 길까지 터놓아져 있었다.

"이 집은 언제 와도 좋군. 잔디를 밟는 느낌이라니……."

대한민국에서 집에 깔려 있는 잔디야말로 부의 상징!

정원의 나무들에는 과일이 열려 있고, 멀찍감치 물웅덩이에서는 오리들이 살판난 듯 헤엄을 치고 다녔다.

꽥꽥!

아직 더운 날씨라서 오리들은 물가를 떠날 기색이 전혀 없어 보였다.

이현은 물가 근처에서 몸보신을 찾아냈다.

서윤이 정원에 물을 주는 호스로 몸보신을 목욕시켜 주는 중이었다.

"흰둥아, 깨끗하게 씻어야지. 목욕하니 좋니?"

따스한 햇살 아래 반바지와 반팔티를 입고 강아지를 씻겨 주는 서윤.

몸보신이 몸을 털 때마다 그녀에게 물방울들이 튀었는데, 그 모습마저도 아름다웠다.

서윤을 보고 있으면 그저 모든 것들이 한순간의 즐거운 꿈처럼 느껴질 때가 있다. 순전히 그녀의 너무나도 비현실적으로 예쁜 외모 때문이었다.

'몸보신이 나보다도 더 따르는군.'

서윤은 어느새 집에 있는 동물들에게 안주인 노릇을 하고 있었다. 그럴 수밖에 없는 것이, 먹여 주고 씻겨 주고 놀아 주고 그녀의 집에서 재워 주기까지 했다.

오리들이 서윤네 집으로 옮겨 간 이후, 토끼마저도 우리에서 풀어 주면 깡충거리며 그녀의 집으로 가서 풀을 뜯어 먹으며 놀았다.

으르릉!

이현의 옆에 와서 이빨을 드러내며 위협하는 몸보신 1세!
서윤의 집에 슬그머니 들어왔기에 경계를 하는 것이었다.
이현에게는 그저 가소로울 뿐이었다.
"아직 머리에 된장도 안 마른 개 주제에 감히 하늘 같은 주인을 몰라보고… 앉아."
몸보신 1세는 땅에 엉덩이를 붙이고 앉은 채로 꼼짝도 하지 않았다.
"누워."
발라당!
"숨 쉬어."
헥헥헥헥!
머릿속 깊은 곳까지 뿌리내려 있는 이현에 대한 복종심!
서윤은 수건으로 강아지의 몸에 있는 물기를 닦아 주었다.
"목욕하고 싶어 하는 것 같아서 씻겼어요."
"비 오면 해결되는데……."
이현은 그러면서도 더 이상의 잔소리는 하지 않았다.
"보신이들끼리 잘 지내지?"
"매일 같이 놀아요."
몸보신 1세는 암컷, 2세는 수컷이다.
서로 간에 혈연관계야 없으니 친하게 지내는 걸 권장할 만한 일이다. 조만간 어울려서 새끼들을 낳을 수도 있지 않겠는가.

"흐음, 강아지가 3마리 정도라면 탕, 찜, 수육이가……."
"네?"
"응? 아무것도 아냐."

 이현은 의자에 앉아서 한가롭게 몸보신 커플이 목욕하는 것을 구경했다.

 어쩌면 지금의 평화야말로 꿈결처럼 행복한 일이었다.

 '사실 내가 그동안 이룬 것이 많기는 하구나.'

 로열 로드에서 유명인이 되면서부터는 방송 출연만으로도 넉넉하게 먹고살 정도가 되었다. 여전히 매일 돈, 돈, 돈을 외치면서 살고 있지만 그렇게 궁핍하던 생활에서는 완전히 벗어나 있었다.

 '할머니도 요양원으로 가셔서 더 이상 큰돈이 들어갈 일은 없고, 여동생 학비는 유학 비용까지 따로 다 저축을 해 놓았고.'

 방송국에서 출연료로 거액을 받고 있고, 지금까지 판매하거나 보관하고 있는 아이템도 어마어마한 재산이었다.

 벌써부터 이혜연의 장래 혼수 비용까지 챙겨 놓았을 정도다.

 과거에 돈이 없어서 겪었던 설움 때문에 여전히 저축에 열을 올리고 있지만 이제 마음을 편히 가져도 된다.

 '최악의 경우에 아르펜 왕국이 멸망을 하고 헤르메스 길드로 인해 더 이상 모험을 못 하게 되더라도, 가족들을 챙기

는 데에는 모자라지 않겠지.'

이현은 혼자라면 시장에서 이불 장사를 해도 되고, 통닭집을 차릴 자신도 있었다.

몇 년 전만 하더라도 평생 빵을 굽거나 닭을 튀기면서 살고 싶다는 꿈을 꾸었다. 물론 술에 취한 손님들이 와서 주문한 통닭에 다리와 날개가 정확히 두 쪽씩 있으리란 보장은 할 수 없겠지만!

'도전이 좋은 거야. 지금도 충분히 무엇이든 할 수 있어.'

부담스럽던 이현의 마음도 편안해졌다.

로열 로드는 그의 직장, 그렇기에 가능하다면 순풍에 돛을 단 것처럼 잘 풀리기를 바란다.

그렇지만 전쟁의 신 위드의 전설이 생겨났던 것은 더 어렵고, 더 위험한 모험에 약간의 망설임도 없이 거침없이 뛰어들었기 때문이다.

모든 것을 부딪쳐서 해결하고, 위험을 극복해 나가면서 역사를 써 왔다.

가진 것만 지키려고 산다면 이룰 수 있는 것은 갈수록 적어진다.

'걱정하지 않아. 프레야 교단, 루의 교단 그리고 지금까지 쌓아 올린 명성이나 조각술 최후의 비기. 이런 건 언제까지나 짊어지고 있어야 하는 짐은 아니야.'

실패란 떠올리기 때문에 겁나는 것.

미래는 결정되어 있지 않으니 초조해하거나 불안해하지 않아도 된다.
이현은 상황이 불리할수록 더 집중하고 격렬하게 부딪치면서 해결책을 찾아 왔다.
모험이란 남들이 가지 못한 곳으로 걸어가고 성공할 자신이 없는 싸움을 시작하는 그런 게 아니겠는가.
무겁던 짐을 훌훌 털어 버리고 시원하게 자신의 능력을 발휘해 보는 것이다.
'내가 정말 원하던 것이었을지도 몰라. 온몸이 짜릿한 그런 순간들을……. 조각술 최후의 비기가 어렵기 때문에 더 하고 싶은 거지.'
그 순간을 맞춰서 배에서 나오는 소리.
꼬르륵.
"음, 나는 역시 깊은 생각을 하면서 무게를 잡으면 안 돼. 에휴, 그냥 죽도록 고생하면서 사는 팔자인 거지."
"네?"
"배고프지?"
"약간요. 뭐 해 줄까요?"
"해물 칼국수. 오늘은 내가 요리해 볼게."
지금은 휴학 중이지만 학교에서는 그녀가 싸 준 도시락을 매일 먹었다. 이번엔 자신이 요리를 해 주는 것으로 보답을 하려는 것이었다.

이현이 마당에서 밀가루 반죽을 찰지게 만드는 사이에 서윤은 옆에서 김치전을 부쳤다.
 깨끗해진 몸보신들이 뛰어다니는 야외에서 보내는 한가로운 한때였다.

 모라타의 뒷골목에 있는 허름한 선술집으로 위드가 들어갔다.
 "꺼억, 취한다."
 "오늘따라 술맛이 좋은데. 여기 맥주 두 잔 더!"
 술꾼들은 낮에도 이곳에 진을 치고 있었다.
 가게가 뒷골목에 위치한 만큼 술값이 저렴해서 손님들이 많이 찾아왔다. 유저들이 절반은 되었고, NPC들이 나머지 자리를 차지했다.
 모라타가 대도시가 되는 과정에서 북부의 유민들이 많이 몰려왔다. 사냥꾼, 용병, 전사 등의 직업을 가진 유민들은 사냥을 나갈 때를 제외하면 술집에서 시간을 보내는 것이다.
 '이 시간이면 이곳에 있다고 했는데…….'
 위드는 가게를 둘러보다가 빈 잔이 잔뜩 쌓여 있는 테이블에 홀로 앉아 있는 백발의 노인을 발견했다.
 '저기로군.'

성기사들의 집결 **75**

위드는 그곳으로 걸어가서 옆자리에 앉았다.

"의뢰할 것이 있습니다."

"의뢰?"

노인은 코가 빨갛게 보일 정도의 고주망태였다.

북부의 유명한 도둑 NPC 제이든!

현직에서 은퇴한 지는 오래되었지만 술집을 찾아오는 도둑과 암살자 들에게 함정 해체 기술을 가르쳐 준다.

위드는 그동안 던전이나 마굴을 조금씩 가려 온 편이었다. 사냥하기 좋은 몬스터들이 있더라도 함정이 많은 던전이라면 그냥 돌아 나왔다. 만약 함정이 몸으로 버틸 만한 정도라면 반 호크를 앞세우거나 직접 견뎌 냈다.

이번에 가야 하는 로드릭 미궁은 그런 수준이 아니었다.

함정이 발동되면 당사자는 물론이고 근처에 있는 사람까지 그대로 사망에 이르게 할 정도.

그렇다고 함정만 해체하고 걸리지 않으면 안전하냐면, 그것도 아니다.

변종 몬스터의 레벨이 그나마 약해서 400대 중반, 활발하게 돌아다니는 악마병들은 레벨이 자그마치 500대였다.

그리고 보스인 몬투스의 레벨은 무려 600대로 추정!

위드는 최소한 함정에만이라도 당하지 않기 위하여 제이든을 찾아왔던 것이다.

"계약을 맺고 나를 따라가서 함정을 해체해 주면 됩니다."

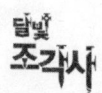

"용병 계약이란 건데… 난 현업에서는 손을 씻은 지 오래라서."

용병은 일반적으로 용병 길드에서도 구할 수 있지만, 이런 식으로 직접 주민이나 NPC를 고용하는 방식도 가능했다. 당연히 친밀도가 높으면 유리하고, 상대가 원하는 것을 지불해야 했다.

"뭐, 여기까지 찾아왔으니 하루에 5,000골드씩을 준다면 생각은 해 보도록 하지."

―제이든과 용병 계약을 맺으시겠습니까?
하루에 5,000골드를 지불해야 하며, 최하 열흘분의 급료를 선불로 지급해야 합니다.

함정 해체 및 자물쇠 따기에는 거의 마스터의 경지에 올랐다는 제이든이라서 고용 비용이 매우 비쌌다. 사실상 하루 5,000골드는 고용을 하지 말라는 뜻과도 같았다.

그렇지만 북부에서는 제이든이 가장 뛰어난 함정 해체 기술을 가지고 있다. 중앙 대륙에서 활동하는 최고의 도둑들을 고용하고 싶지만, 그들은 신출귀몰하여 만날 수도 없는 처지였다.

위드는 아끼던 술을 꺼냈다.

"일단 목부터 축이시죠."

"크윽, 이렇게 좋은 향기라니……."

"술은 많이 있습니다."

"의뢰를 하는 동안에 매일 이런 술을 준다면 4,200골드에 해 주지."

"평생 맥주를 마실 수도 있게 해 주겠습니다."

"그게 가능만 하다면… 3,900골드에도 해 줄 수는 있어."

여전히 고용은 불가능한 금액.

"과연 그럴 줄 알았다. 제이든, 북부의 평화를 위한 길이다. 평생 도둑으로 살아왔던 세상을 위해 떳떳하게 올바른 일을 하지 않겠는가?"

"국왕 폐하!"

위드는 자신의 신분까지 드러냈다.

선술집의 모든 NPC들이 위드를 향하여 무릎을 꿇었다.

아르펜 왕국의 국왕으로서 모든 주민들에게 의뢰를 부여할 수 있는 특권!

"폐하를 위해서 일하겠습니다."

"고용 비용은 하루에 2골드를 주겠다."

"그걸로는 육포값도……."

"광장 단두대에서 처형당하고 싶으냐?"

"북부의 영웅이신 폐하를 따르는 것만도 영광입니다."

국왕의 권위로 간단히 제이든을 고용했다.

이런 일이 자주 발생할 경우에 부작용으로는 주민들의 충성도가 떨어지고 용병들과의 관계가 악화될 수 있었다. 하지

만 지금까지 쌓아 놓은 평판이 있어서 걱정할 수준은 아니다.

"함정 해체는 제이든에게 맡기도록 하고, 그리고 조각 생명체들 중에서는 누구를 데려가야 하지?"

다시 돌아오지 못할 길이 될 가능성이 현재로써는 너무도 높았다.

빙룡, 불사조 등은 큰 덩치로 인해 애초에 들어가지도 못할 테고, 금인이와 누렁이의 경우에는 이렇게 위험도가 높은 곳에 또 데려가고 싶지가 않았다.

금인이는 다재다능하고 누렁이는 좋은 체격과 힘을 가졌지만 둘 다 전투력에서는 뒤떨어지는 편이었다.

"바하모르그, 뼈가 부서지도록 싸울 수 있는 기회."

"어떤 곳이든 좋다."

워리어, 특별히 바하모르그만 데려가기로 했다.

위드보다도 탁월한 전투 능력을 가지고 있으면서 워리어의 각종 스킬들은 다른 사람의 체력과 생명력을 많이 높여 주기 때문이었다.

위험한 던전에 반드시 데려갈 만하다.

"미궁에 들어갈 인원 구성은 이것으로 끝났군."

"은화살에 은무기 그리고 생존과 전투에 필요한 용품들이

라. 이렇게 많이 어디에 쓰려는 거지?"

마판에게도 물자 조달을 부탁했다.

숫돌과 약초, 해독제를 기본으로 하여 미궁에 들어갈 인원이 쓸 물자를 비밀리에 운반해 오는 역할이었다.

고급품만 골라 충분한 양을 구입하다 보니 구매 비용만 무려 7만 골드!

예비용 갑옷이나 검, 상하지 않는 식재료들도 준비했다. 대장장이 스킬이 고급에 오른 위드이니 웬만하면 수리를 할 수 있겠지만, 전투 중에 깨질 수도 있기 때문이었다.

"벌써 마차 스무 대 분량이 넘었어. 이 정도면 전쟁도 치를 수 있을 분량인데… 정말 이 정도까지 사 모아야 하나."

마판은 귓속말로 몇 번이나 위드에게 이렇게 많은 양을 사야 하냐고 물어봤지만 돌아오는 대답은 틀림없었다.

-가격은 조금만 따지고, 품질은 좋은 것으로 가능한 많이 **구해 주셔야 됩니다.**

결국 마차 스물두 대 분량의 양을 채우고 나서 마판은 목적지로 이동을 했다.

중앙 대륙에서도 약간 치우친 북쪽 지역이 정해진 약속 장소였다.

"여긴 별것도 없고 치안도 불안한 장소인데……."

마판은 이번 상행에 용병들을 대거 고용하였다.

과거 부활의 교단이 마물들을 이끌고 휩쓸었던 장소이기

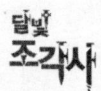

도 하고, 그 후에는 엠비뉴 교단이 성과 도시 들을 파괴해 버렸다. 현재는 몬스터들이 들끓고 있는 곳으로서, 인간들은 산으로 흩어져서 살아가는 실정이었다.

도처에 도적 떼가 들끓었고, 안전한 길을 대낮에 이동하더라도 몬스터들의 습격을 받는 경우가 잦았다.

물품을 운송하는 상인으로서는 가능한 피하고 싶은 길이었다.

중앙 대륙과 북부를 오가면서 교역을 하는 상인들도 육로보다는 뱃길을 많이 활용할 정도였다.

"목적지에 무사히 다 왔군!"

마판은 위드가 말해 준 약속 장소에 도착했다.

목적지에는 위드만이 아니라 성기사들, 사제들이 대거 모여 있었다.

마판은 한곳에 이렇게 많은 성기사들이 무장한 채로 서 있는 것은 처음 보았다. 평원에 열을 맞추어서 서 있는데, 햇빛에 비친 갑옷들이 번쩍번쩍 빛나는 모습이 일대 장관이었다.

사제들도, 조용히 서 있을 뿐이었지만 전투가 벌어지게 되면 그들이 발휘할 수 있는 능력도 엄청나다 보니 계속 눈길을 끌었다.

"수고 많으셨습니다. 물품들은요?"

"확실히 챙겨 가지고 왔습니다. 세 번씩 점검했으니 수량이나 품질은 완벽할 겁니다. 위드 님, 그런데 여기 성기사들은 왜 있는 거죠?"

"제 퀘스트를 도와줄 인원입니다."

"조각술 마스터 퀘스트요?"

"그건 아닙니다. 그보다 한 단계 높은 연계 퀘스트를 진행 중이죠."

위드는 전투 물자의 인수인계를 마치고 돌아섰다.

마판은 좋은 갑옷을 입은 성기사들을 이리저리 관찰하다가 알베론과 데리안이 있는 것을 보고 깜짝 놀랐다.

유저들만이 유명한 것이 아니라, NPC들 중에도 유명인들이 있었다. 프레야 교단의 사제 알베론, 루의 성기사 데리안은 영웅이라고 불러도 될 정도의 인지도를 가졌다.

굳이 비교하자면 대형 명문 길드 수장급의 명성!

알베론은 프레야 교단의 성물 중 하나인 파고의 왕관까지 착용하고 있었다.

데리안 역시 루의 신검을 착용하고 있었으니 이보다 더 화려한 지원 병력이란 있을 수가 없다.

모험을 하고 왕국을 건국하면서 두 교단에 공헌도를 쌓아 놓은 위드였기에 동원할 수 있는 막강한 전력이었다.

위드가 사자후를 터트렸다.

"우리는 대륙의 평화를 지키기 위하여 로드릭 미궁에 왔다!"

"우와아아아아!"

성기사들은 검을, 사제들은 지팡이를 들면서 함성을 질

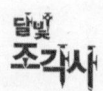

렸다.

"허억!"

마판의 얼굴에서 핏기가 싹 가셨다.

로드릭 미궁!

상인으로서 당연한 이야기지만 성과 마을을 이동하는 경로 외에는 관심이 별로 없었다.

교역에 방해되는 몬스터들의 서식지 등에 대해서는 잘 파악하고 있지만, 근처에 어떤 던전이 있는지에 대해서는 잘 모른다. 상인이 던전에 들어가서 사냥을 하는 일은 드물기 때문이다.

'저곳이 로드릭 미궁이구나.'

조금 떨어진 곳에 아주 오래된 궁전이 있었다.

마법사 로드릭은 왕국의 별궁으로 운영되던 곳에 자리를 잡았다. 그리고 대부분의 마법 연구는 지하에서 했다.

미궁의 입구는 지하로 내려가는 계단이었다.

'근데 아무도 살아서 나온 사람이 없는데?'

위드는 그사이에 짧게 연설을 마쳐 가고 있었다.

성기사들의 사기를 높게 유지하는 것은 중요했지만 단기간에 끝날 의뢰도 아니기 때문에 오래 끌 필요가 없었다.

"그 어떤 어려움을 만나더라도 신이 우리를 돌봐 줄 것이다. 가자! 그럼 마판 님, 나중에 모라타에서 뵙겠습니다."

"예에."

위드는 마판에게 작별 인사를 하고 로드릭 미궁으로 이동했다.

무성하게 수풀이 우거져 있는 정원, 부서진 동상의 밑에 지하로 향하는 시커먼 계단이 있다. 돌로 만들어진 계단은 온통 금이 가고 깨져 있었으며, 박쥐의 사체도 있었다.

로드릭이 살던 궁전 전체에서 느껴지는 으스스한 한기!

아마도 저주받은 폐가란 이런 분위기일 것이다 하는 느낌이 강렬한 장소였다.

"한여름에 은행에 들어온 것 같군."

여기까지 온 이상 위드는 망설이지 않고 계단 아래로 내려갔다.

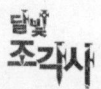

로드릭 미궁

"크웃. 오랜만에 맛있게 생긴 인간이 왔군. 오랜만에 맛있는 인간 고기를 생으로 먹어 볼 수 있겠다."

로드릭 미궁의 지하 1층에서부터 채찍을 들고 날아다니는 시커먼 악마병들이 기다리고 있었다.

위드는 계단을 내려오는 순간부터 전투를 준비하고 있었기에 바로 스킬을 사용했다.

"광휘의 검술!"

독수리 7마리가 날아가서 악마병의 몸에 적중!

―악마병 졸개 트롯피커의 막강한 방어 능력으로 인하여 240의 피해를 입힙니다.

-악마병 졸개 트롯피커의 옆구리를 공격하였습니다. 생명력을 267 감소시킵니다.

-악마병 졸개 트롯피커의 날개에 광휘의 검술이 적중했습니다. 특수한 보호 능력으로 인해 생명력을 37만큼 줄입니다.

맨 처음 만난 악마병 트롯피커의 맷집부터가 너무나도 엄청난 수준이었다.

"고작 이 정도라니……."

원래 악마들은 중간계라고 할 수 있는 베르사 대륙에서 존재할 수 없다. 신들의 영향력 아래에서는 악마들이 약화되고 소멸될 수도 있기 때문이었다. 그런 이유로 어떻게 해서든 다른 계약자를 찾거나 흑마법사의 몸을 빼앗으려고 한다.

땅의 힘이 강한 지하에서는 악마들이 지상에 비해 상당한 힘을 발휘할 수 있으며 제압하기도 힘들었다.

'만약 광휘의 검술을 이 정도로 올리지 않았더라면 흠집도 내지 못했겠군.'

악마병이 가시가 박힌 채찍을 휘둘렀다.

"고작 이 정도였느냐. 가소롭구나!"

위드는 앞으로 구르며 채찍을 피했다.

스치고 지나간 채찍에는 끔찍한 열기까지 담겨 있어서 땅이 시커멓게 그을렸다.

악마병이 휘두르는 채찍은 너무도 빠르고 공격 범위도 넓

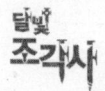

어서 연속으로 피하는 것도 상당히 어려웠다.

채찍의 끝에는 전갈처럼 뾰족한 침이 있었는데, 지옥에서만 산다는 괴수의 이빨을 박아 놓은 것이다. 마비 능력이 있어서 제대로 적중되면 연달아 공격을 받게 된다.

-부수적인 피해를 입었습니다.
높은 인내력으로 피해를 줄입니다.
생명력이 532 줄어듭니다.

-오염된 기운이 몸속으로 파고듭니다.
질병을 일으킬 수 있습니다.
신체의 자체 치유 능력을 감소시킵니다.

채찍이 떨어진 곳과 약간 거리가 있는데도 매캐한 연기가 일어나며 위드의 생명력과 전투력을 깎아 놓았다.

"이곳에서는 계속 그렇게 쥐새끼처럼 도망칠 수 없을 것이다."

"두고 보자."

"인간들은 다 비슷하구나. 내뱉는 말이 고작 그것이라니."

위드는 먼 훗날의 복수를 이야기하지 않았다.

그가 내려온 계단을 통해서 프레야 교단의 성기사, 루의 성기사가 줄지어서 도착했다.

"신의 뜻을 거스르는 사악한 악마다!"

"놈을 처단하라!"

용감한 성기사들이 사제의 축복과 회복 마법의 도움을 받으면서 덤벼들었다.
　"귀찮은 존재를 믿는 종들이 왔구나!"
　그럼에도 악마병은 기세가 당당했다.
　보통의 무기로는 악마병에게 확실한 타격을 입히지 못한다. 신성력이야말로 천적과도 같은 힘이었지만, 악마병의 레벨이 500대이다 보니 호락호락하지가 않았다.
　혼자로도 보스급 몬스터의 위용!
　성기사들의 공격조차도 약화되어서, 악마병이 받는 피해는 훨씬 줄었다.
　"너희가 믿는 신을 부정하라. 신성 타락!"
　악마병은 성기사들의 능력을 감소시키는 종류의 마법을 쓸 줄도 알았다.
　성기사들의 물리력이나 육체를 약화시키는 건 아니었지만 발휘할 수 있는 신성력을 줄였다. 믿음이 약하고 레벨이 낮은 성기사들이라면 배신을 시킬 수도 있는 스킬이었다.
　"억압의 손!"
　악마병은 오른손으로는 채찍을 휘두르고, 왼손으로는 허공을 움켜잡았다. 그러자 멀리 떨어져 있던 성기사가 무언가 보이지 않는 커다란 손에 잡힌 것처럼 공중에 떠올랐다.
　콰드드드득.
　성기사의 방패와 갑옷이 일그러질 정도의 강력한 압력!

"더러운 영혼의 파편!"

악마병의 정면에서 흑색의 폭발이 일어나며 사방으로 퍼졌다.

광역 공격 스킬까지 발휘하면서 성기사들을 곤란하게 했다.

"여신에게 이 한 몸 돌아가리라."

"악에 의해 무릎을 꿇다니……."

프레야 교단의 성기사가 벌써 2명이나 사망하고 말았다.

성기사들은 진형을 짜고 체계적으로 싸웠지만, 악마병의 마법과 채찍 공격이 상당히 거셌다. 게다가 까다롭게도 일부를 노려서 집중 공격을 하기까지 했다.

"시작부터 이런 식으로는 안 되겠군. 성기사와 사제 들이 아직 많이 들어오지 못했어. 반 호크, 토리도!"

위드는 부하들을 소환했다.

데스 나이트와 뱀파이어는 언데드이기 때문에 가능하면 부르지 않으려고 했다. 성기사와 사제 들의 사기를 떨어뜨리고 그들의 믿음도 약화시킬 수 있기 때문이다.

최악의 천적과도 같은 부대를 동시에 거느린다면 위드의 통솔력이 높더라도 지휘에 역효과가 일어난다.

하지만 지금은 악마병을 막아 내는 것이 더 급했다.

"가서 싸워라!"

"알겠다, 주인."

반 호크는 나타나자마자 정면으로 달려들었다.

어떤 적에게도 맹목적인 돌격을 가하는 데스 나이트의 속성, 그리고 악마병은 강한 몬스터였지만 바르칸에 비교할 정도는 아니다. 전투 경험이 쌓일 대로 쌓여서 반 호크도 성장을 했다.

"저것은 악마병인가. 이놈의 주인은… 아리따운 소녀들이 있는 장소에는 가지 않고 정말 온갖 곳을 다 오는군."

토리도는 구시렁대면서 악마병의 옆을 빠르게 빙글빙글 돌았다.

적을 유인하고 현혹하는 뱀파이어의 전투 방식!

그 틈을 타서 사제들은 부상을 당하거나 저주를 입은 성기사들을 치유했다.

사제들이 많다는 것은 언제라도 부상병들을 완쾌시켜서 전투 능력을 곧바로 회복할 수 있다는 의미다. 죽지만 않으면 급속도로 전투력을 되찾을 수 있다.

계단에서는 검과 방패를 든 성기사들이 계속 내려오고 있었으며, 알베론과 데리안까지 도착했다.

바하모르그는 가장 마지막으로 로드릭 미궁으로 들어왔다.

위드는 먼저 들어와서 직접 악마병을 상대해 보고 입구 근처에 있는 놈마저도 해치우기가 곤란할 정도라면 모든 작전을 취소하려고 했다. 바하모르그는 살리기 위하여 마지막에 들어오도록 지시를 내렸던 것이다.

불어난 성기사들의 협공에 사제들의 신성 마법이 대대적

으로 지원되며 악마병은 무자비한 타격을 입고 있었다.

악마병이 있는 곳 전체가 신성한 빛에 휩싸일 정도로 신성력의 집중이 강하게 이루어졌다.

토리도와 반 호크는 잠깐 동안 활약을 하고 다시 역소환되었다. 더 이상 그들이 필요하지 않은 상황이었다.

위드는 계속 두 부하를 부려 먹으면서 성장을 시키고 싶었지만, 성기사와 사제 들이 대거 미궁에 들어온 이상 포기해야만 했다.

착한 척을 하기 위해서 희생해야 할 부분도 있는 것.

"인간들. 역겨운 인간들이 이곳으로 많이도 왔구나!"

악마병은 사제들의 신성 마법에 난타를 당하는 와중에도 채찍을 휘두르면서 성기사들에게 피해를 입혔다. 하지만 바하모르그까지 가세를 하니 더 이상 버티지 못하고 잿빛으로 변해서 목숨을 잃었다.

-악마병 트롯피커가 소멸되었습니다.
전투에 참여한 이들의 명성이 149 증가합니다.

"겨우 이겼군."

성기사가 최종적으로 3명이나 희생되었다.

악마병을 상대해 보는 것은 처음이었고, 좁은 계단을 통해 로드릭 미궁으로 내려오는 입구 부분이라서 다소 피해가 컸다고 할 수 있으리라.

성기사와 사제 들이 전부 모였다면 원거리 신성 마법을 가하면서 훨씬 유리하게 싸웠을 것이기 때문이다.

그렇지만 미궁의 더 깊은 곳으로 들어간다면 트롯피커 같은 악마병이 한곳에 10마리, 12마리씩도 나타난다. 아이언 모닝스타 길드에서도 악마병 13마리가 나오는 장소에서 버티지 못하고 결국 전멸을 하였던 것이다.

그리고 그 후에 얼마나 더 위험한 곳들이 있는지에 대해서는, 가 본 사람이 없으니 알려지지도 않았다.

"이 정도의 고생은 할 거라는 것을 알고 있었으니… 어찌되었건 피할 수 없는 일이지."

위드는 잠시 휴식을 취하면서 성기사들의 검과 갑옷을 손봐 주었다. 대장장이 스킬이 있기에 원정을 나와서 전력을 유지하는 데에는 편했다.

"고맙습니다, 국왕 폐하."

"직접 제 검의 날을 세워 주시다니 이런 영광이……."

"악을 처단하고 정의를 바로 세우기 위하여 익힌 기술들입니다. 악마병들과 같이 싸우는 처지에 당연히 해 드려야 할 일입니다."

위드는 그러면서도 성기사들에 대한 친밀도를 약간이나마 올릴 수 있었다.

물론 성기사들이 살아 나가야 쓸모가 있게 될 것이다.

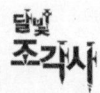

"치료의 손길."

"프레야의 방벽."

"믿음의 보호!"

위드는 성기사와 사제 들을 이끌고 미궁을 조심스럽게 돌아다니며 사냥을 개시했다.

마법사 로드릭이 연구 중에 만들었다는 변종 몬스터는 상대하기 까다롭진 않았다.

"바하모르그, 유인해 와."

"알겠다."

몬스터의 레벨이 400대 후반이라는 점이 대단하기는 하였지만 이곳에 모여 있는 전력도 막강했다.

성기사들과 사제들의 개인적인 레벨이 약하더라도 집단으로 뭉치면 전투에서 보여 주는 위력은 발군이다. 특히 모두가 치료 마법을 쓸 수 있어서 위험한 경우에 신속한 응급조치를 해 줄 수가 있기에 장기전에 유리했다.

단번에 생명의 위협을 줄 정도의 몬스터만 아니라면 괜찮은 사냥감이 된다.

성기사들끼리 능력을 올려 주는 강화 오라의 효과도 상당한 편이었다.

프레야 교단의 오라는 밝은 보라색 계열이었고, 루의 교단의 오라는 흰빛이 돌았다.

성기사들이 각자 믿는 신에 따라 오라를 발산하며 화려한 전투를 치렀다.

"크와아아합!"

바하모르그는 최고의 워리어만 사용할 수 있다는 투혼의 외침 스킬을 사용했다.

> -투혼의 외침을 들으셨습니다.
> 몸속 깊은 곳에서 활력이 깨어납니다.
> 자신이 가지고 있는 투지 스탯에 따라 잠재되어 있던 신체 능력이 활성화됩니다.
> 생명력의 최대치가 증가합니다.
> 마나가 크게 늘어납니다.
> 적에 대한 공격력이 강해지고, 공격이 성공할 때마다 행운에 따른 효과를 높입니다.
> 자신보다 강한 적에게 정면공격을 하였을 때 투혼의 일격이 발동될 수 있습니다.
> 맷집이 향상됩니다.

대륙에 밝혀지지 않은 던전이나, 몬스터의 레벨이 너무도 높아서 들어가지 못하는 곳들은 많이 있다. 그렇지만 단순히 한 장소에 이만큼의 전력이 모이는 것도 드문 일이었다.

"이번에는 2명이 죽었군."

위드는 악마병이 나올 때마다 성기사들과 사제들을 세심하게 지휘했지만 조금만 허점을 보이더라도 성기사들의 희생이 생겼다. 악마병들과 성기사들의 레벨 차이가 너무 심각

하게 났던 것이다.

악랄하고 두뇌 회전이 빠른 악마병들은 고지식하게 싸우지 않았다. 약한 성기사들을 먼저 목표로 삼았고, 죽음을 피할 수 없다고 판단이 되면 자신의 몸을 터트려서까지 적들을 지옥으로 끌고 가려고 했다.

철저하게 수비 위주로 싸웠음에도 미궁에서 죽은 성기사들이 벌써 11명이었다.

"성기사들이 줄어들지 않게 해야 하는데… 악착같이 부려 먹지도 못하고, 고작해야 탐색전에서 이렇게까지 피해가 커져서는 곤란해."

성기사들의 사기는 여전히 떨어지지 않고 있다.

대륙을 구하는 영웅, 프레야 교단과 루의 교단에 공적치도 높은 위드와 함께 악을 처단하는 일에 앞장선다는 자부심을 품고 있었다.

하지만 미궁에서 조금 더 깊은 곳으로 들어가면 악마병이 5~6마리씩은 나오게 된다.

미궁의 미로도 전혀 위치를 파악하지 못하게끔 복잡하고 혼란스러웠다.

위드는 갈림길을 만나면 무조건 왼쪽 길을 택했다.

"분명히 느낌상으로는 오른쪽으로 가야 될 것 같은데… 난 재수가 없으니까, 그러면 왼쪽으로 가야 될 거야."

몬스터와 환영, 악마병이 계속 등장을 했다. 하지만 그렇게 헤매다 보면 왔던 곳으로 되돌아가는 경우가 허다했다. 공간 왜곡과 공간 확장, 환영의 마법이 미궁 전체에 걸려 있어서 찾기 어려운 미로가 되어 있는 것이다.

위드는 자신이 정확히 어디에 있는지 알 수가 없었지만, 아직까지는 대략 미궁의 초입 부근만을 빙빙 돌고 있다고 생각했다.

미궁의 중앙부로 갈수록 갈림길은 여러 갈래로 나뉘고 공간 왜곡도 더욱 심해져서 벗어나지를 못한다고 한다. 끝없이 전투를 하다가 악마병들과 몬스터에 의해 몰살을 당하거나 식량이 떨어져서 죽게 되는 곳이 바로 로드릭 미궁이었다.

유병준은 흡족하게 모니터를 보고 있었다.

"이번에는 정말 호되게 걸렸군."

베르사 대륙에서 명문 길드들이 벌이는 전쟁은 지독할 정도였다.

헤르메스 길드가 일시적으로 전쟁을 멈췄다고는 하나, 그들이 준비를 마치고 다시 대대적으로 움직일 것이라는 것은 누구나 알고 있다. 그리고 그 시간은 매우 빠를 것으로 모두 짐작하고 있다.

헤르메스 길드와 경쟁하는 다른 길드들은 이에 지지 않게

더 활개를 치며 영토 점령을 해 나갔다.
 엠비뉴 교단도 끊임없이 확장을 하면서 대륙의 곳곳이 폐허가 되고 있다.
 유병준은 전쟁보다도 위드의 모험을 즐기며 봤다.
 "성공하지 못하면 몰살이다. 그리고 현재로써 성공할 확률은 고작 0.2%밖에는 안 돼."
 바하모르그, 성기사와 사제 들의 전투력으로 로드릭 미궁을 돌파할 수 있을지 인공지능이 계산한 확률이었다.
 여기에 위드라는 변수가 더해지게 된다.
 위드의 순수한 전투 능력을 감안하면 승률은 0.23%으로 약간 늘어난다.
 "조각술 최후의 비기 퀘스트. 아주 곤란하고 어렵군."
 모든 전력을 다 끌어와서 부딪쳐야 하는 퀘스트였다. 조각 생명체들까지 모조리 다 동원을 하고, 또 필요하다면 다른 조각 생명체들까지 마구 만들어야 된다. 그렇게 하더라도 승산이 5% 정도는 될지 가늠하기 어렵다.
 위드는 조각 생명체들을 아낀다는 이유로 로드릭 미궁으로 데려오지 않은 채로 승부를 걸었다.
 유병준이 보기에는 미련하고 무모하기 짝이 없는 계획이다.
 "하기야 로드릭 미궁은 누구도 돌파한 적이 없으니 진정한 난이도가 얼마나 되는지 알지도 못했겠지. 어쩌면 노력을 해도 실패할 수밖에 없다고 여겼을 수도 있고……. 아무튼 여기에서 죽으면 조각술 최후의 비기는 영영 얻지 못하게 되겠군. 벌써 다른 몇 개의 직업 스킬들이 그렇듯이, 묻히게 되겠지."

조각사만이 아니라 주로 많은 유저들이 택하는 검사, 기사, 전사, 마법사 등에도 최후의 비기는 있었다. 스킬의 비기들을 모으는 것도 어렵고, 모험과 퀘스트보다 확실한 방법인 사냥으로 강해지려는 사람들이 많았다.

그렇게 레벨이 높아지면 세력 싸움에 휘말리게 된다.

다른 직업들 역시 조각술 최후의 비기와 마찬가지로 너무 오래 시간을 끌다 보면 퀘스트 자체가 사라져 버렸다.

베르사 대륙에는 수많은 비밀들이 숨겨져 있지만 그것은 찾는 사람의 몫이었다.

"쯧쯧, 이번에도 3명의 성기사가 죽었군."

유병준이 보는 모니터에는 호전적인 악마병들 2마리와 전투가 벌어져서 성기사 3명이 사망하는 모습이 나왔다.

전투가 벌어지면 악마병의 맹렬한 공격성에 어쩔 수 없이 죽는 이들이 자꾸만 나왔다. 구경하는 유병준 입장에서는, 위드의 세력이 약해지는 것은 재미있었지만 상당히 느리게 진행되어 조금은 지루하기도 했다.

"악마병들이 대여섯씩 나오는 곳으로 가야 재미있을 텐데. 거기서는 실컷 죽어 나가겠군."

위드가 최후의 비기를 얻지 못한다면 바드레이를 이기거

나 헤르메스 길드에 저항할 수 있는 수단도 사라지게 된다.

유병준은 왠지 그렇게 되더라도 재미가 있을 것 같았다. 잡초처럼 짓밟히면서도 발버둥 치며 끝까지 싸우는 걸 보고 싶었기 때문이다.

위드가 극한 상황으로 몰릴수록 점점 흥미로워졌다.

로드릭 미궁은 길을 얼마나 헤매고 다니느냐에 따라서 전투 횟수부터 달라진다. 길을 늦게 찾아낸다면 미궁을 헤매다가 도중에 악마병들에게 전멸할 가능성이 더욱 높아진다.

지금까지 어떤 모험가도 미궁의 올바른 길을 찾아내지를 못했으며, 관련 정보도 절대적으로 부족한 상황!

로드릭의 마법 수련실을 찾아간다는 자체도 불가능에 가까웠다.

-위드의 성격 및 판단력을 기반으로 한 새로운 퀘스트 성공 확률 조사를 마쳤습니다.

유병준은 레몬차를 마시며 느긋하게 물었다.

"이번에는 얼마가 나왔지?"

일반인들이 미궁에서 바하모르그와 성기사들을 통솔한다고 계산했을 때에는 성공 가능성이 0.2% 정도였다.

위드가 지금까지 했던 모든 모험에서 보여 준 지휘력과 판단력, 경험, 임기응변 능력 등을 종합적으로 분석해서 확률이 나온 것이다.

-위드가 로드릭 미궁을 평정할 가능성은 46.7%입니다.

"뭐라고? 계산이 잘못된 거 아닌가?"

-316,820회를 반복 계산한 평균 추정 확률입니다.

"어떻게 갑자기 그렇게 성공 가능성이 높아질 수가 있지? 미궁의 길을 찾아내는 것부터가 불가능할 텐데?"

-위드의 기존 자료를 검토한 결과, 어떠한 수를 쓰든 길을 찾아낼 것입니다.

"성기사들의 전력도 미궁을 정복하기에는 턱없이 약하다."

-위드의 지휘 능력이라면 현재보다도 더 강하게 이끌 수 있을 것입니다. 피해는 최소화될 것이며, 뒤로 갈수록 전력은 확대될 것입니다.

"로드릭 미궁에는 위험한 함정들이 많다. 누구라도 무사할 수 없는 그런 함정에 빠질 수도 있을 텐데?"

-어떠한 위기에 빠지더라도 최선에 근접하거나, 예측할 수 없는 그 이상의 선택들을 할 것입니다.

유병준의 기분이 급격히 나빠지기 시작했다.

"오라, 악마병 졸개들아!"

바하모르그는 커다란 검을 휘둘렀다.

악마병과 일대일로 싸울 수 있는 것은 바하모르그가 유일했다. 위드조차도 조각 변신술과 조각 파괴술을 쓰지 않고서는 악마병과의 정면 승부는 안 되었다.

놈들은 많은 종류의 흑마법과 저주 마법을 매우 빠르게 쓸 수 있었던 것이다.

"지옥에서 튀어나온 쓰레기인 너희의 몸뚱이를 확실하게 잘라 주겠다."

바하모르그의 도발 스킬!

"고작해야 바바리안 따위가······."

"곱게 죽이지 않는다. 영원한 고통 속에서 허우적거리도록 해 주겠다."

악마병들은 화가 치솟아서 바하모르그에게 채찍을 휘둘렀다.

그들의 공격과 저주 마법 등이 바하모르그에게 집중되면 상대하기가 한결 편했다. 넘쳐 나는 사제들이 바하모르그에게 집중적으로 축복과 저주 해제, 치료 마법을 퍼부어 줄 수 있기 때문이다.

바하모르그는 원래 엄청 단단한 몸인 데다 공격을 비껴 맞거나 받아치는 기술을 가졌고, 게이하르 황제가 주었다는 최고의 갑옷까지 착용했다. 어떤 경우에도 상태 이상에 걸리지 않았기에 악마병 2마리나 3마리의 집중 공격에도 너끈하게 버텨 냈다.

그사이에 성기사와 사제 들은 신성 마법을 시전하고, 검을 휘두르며 지원 공격!

"안 되겠다. 다른 인간부터 먼저……."
"살육을 하자. 더욱 많은 인간들을 죽여야 한다."
 도발에서 빠져나온 악마병들이 다른 성기사들을 제물로 삼으려고 하였지만 바하모르그는 집요하게 방해를 했다.
 "나에게서 도망치는 것이냐? 꼬리를 말면서 도망가는 꼴이 우습구나!"
 바하모르그는 든든하게 버텨 주면서 최소한 1마리 이상의 악마병을 붙잡아 주었다.
 성기사들은 방패를 앞세우고 수비 위주로 전투를 진행하였기에 갑작스러운 공격으로부터의 생존률을 높일 수 있었다.
 "루의 뜻은 너희의 완전한 소멸이다!"
 루의 검을 들고 있는 데리안!
 바하모르그가 수비라면, 데리안은 공격이다.
 신의 힘이 복원된 루의 검은 악마병들조차도 꺼렸다. 데리안에게는 변변한 반격도 하지 못한 채로 도망을 치기 바빴다.
 위드가 확인해 보진 못했지만 데리안의 레벨도 적어도 500대 초중반은 될 것 같았다.
 '이놈도 잘 키우면 알베론 이상의 몫을 해 줄 수 있을 것 같군.'
 데리안은 움직임이 재빠르지 못했고 검술 실력도 기대했던 것보다는 떨어졌지만, 막강한 신성력을 바탕으로 전투를 펼쳤다.

악마병을 2~3마리까지도 혼자서 감당하여 싸울 수 있겠지만, 문제는 놈들이 데리안을 꺼려 피해 다닌다는 점이었다.

알베론의 축복 마법은 그야말로 최고였다. 광범위 전체 치료도 틈틈이 사용했다. 악마병이 위험한 마법을 시전하려고 할 때 신성 마법으로 선제공격을 가하거나, 성기사들에게 절묘하게 보호 마법을 펼쳐 주었다.

'과연 나한테 제대로 배웠어. 역시 교육에는 잔소리가 필요하지.'

위드는 전투를 하면서 성기사들의 특성을 이해하고, 데리안과 알베론을 활용한 진형과 공격 형태를 정했다.

성기사와 사제 들로만 구성되어 있어서 따로 통솔하지 않고 내버려 뒈도 잘 싸우기는 했다. 사제들이 알아서 적당한 때에 치료 마법을 써 주고, 위험하면 성기사들 스스로도 회복할 수가 있었던 것이다.

그렇지만 위드가 지휘를 하면 확실히 달라졌다.

"1조는 두 번의 공격 후에 뒤로 물러나서 방어 진형으로. 2조가 그 자리를 메운다. 3조, 4조는 석궁 공격을, 5조는 돌격을 하면서 스쳐 지나가서 주의를 산만하게 만들 준비를 해! 데리안은 루의 검을 잘 보이게 들어서 악마병들을 교란시키도록."

성기사들의 공격을 바꿔 가면서 악마병들의 생명력과 체력을 야금야금 깎아 놓았다.

악마병의 상태에 따라서 마치 오케스트라를 지휘하듯이 전체 병력을 움직인다.

기승전결이 있는 음악처럼 전투의 흐름을 만들어 내는 능력!

부하들의 특성을 철저히 파악하고 부려 먹는다.

"채찍을 들고 있는 악마병의 오른팔을 향해 사제 7번 부대 신성 마법 시전!"

악마병들은 높은 생명력을 가지고 있었고 방어력이 탁월하여 짧은 시간에는 죽지 않았다. 다만 그들의 레벨이나 공격성에 비하여 자체 회복 능력은 매우 많이 뒤떨어지는 편이었는데, 이곳이 마계나 지옥이 아니기에 그들이 사용하는 암흑의 힘이 잘 채워지지 않는 것이다.

그러나 그들이 약화되고 삶을 포기할 무렵 발휘하는 무자비한 공격력은 성기사를 금방 죽음으로 몰아넣을 수 있을 정도라서 긴장은 전투가 끝날 때까지 풀 수가 없다.

감각적으로 악마병들의 움직임을 예측하여 성기사들을 대비시켰다.

"역시 집단으로 싸우니 좋은 점이 많군."

위드는 대규모 병력을 지휘하여 보스급 몬스터 사냥을 연속으로 하는 기분이었다.

악마병들이 강하기는 하지만, 그래도 떼로 덤비는 데에는 장사가 없다.

수적 우위와 신성력의 특성을 최대로 발휘하는 전투 방식 확립!

"더 얍삽하고 비열하게 싸워야 돼. 뭉쳐서 수적 우위를 유지하고, 놈들을 고립시켜. 성기사들이여, 루의 뜻을 펼치기 위해서는 뒤에서 검을 찔러 넣어라!"

악마병들의 행동이 워낙 위협적이라서 성기사들의 피해가 어쩔 수 없이 계속 생기기는 했다. 수비를 잘하더라도 악마병이 삶을 포기했을 때 성기사 일인에게 대여섯 번의 공격을 한다면, 치료 마법을 쓰더라도 살릴 수가 없다.

그래도 완벽하게 얍삽한 지휘 탓에 대비하지 못하고 진형이 무너지면서 한꺼번에 당하는 경우는 나오지 않았다.

"벌써 성기사가 30명이나 죽었군."

위드는 한숨부터 나왔다.

악마병들의 레벨이 너무 높아서 희생이 빈번하게 발생할 거란 건 알았지만, 지금까지 성기사들의 죽음만으로도 각 교단에서 떨어졌을 공헌도를 생각하니 안타까웠던 것이다.

"조금 더 확실히 대비를 해야 되겠어."

로드릭 미궁으로 들어오기 전에 성기사들은 자신들이 쓸 물품들을 기본적으로 준비를 했다.

횃불과 여분의 검, 최소한의 식량 등!

열흘에서 한 달 정도씩은 버틸 만큼의 소모품들을 가지고 왔다.

위드는 여기에 마판을 통해서 마차 스물두 대 분량이란 어마어마한 보급 물자를 실어 왔다.

차라리 몰살을 당하더라도 길을 헤매다가 전투 물자나 식량이 없어서 죽을 수는 없다.

가지고 온 보급 물자들이 아까워서라도 로드릭 미궁의 비밀을 해결하고 밖으로 나가야 된다.

"더 느리게 해야 되겠군."

위드는 성기사와 사제 들이 체력과 마나, 생명력에 완벽한 준비가 갖춰져 있을 때에만 전진했다.

물론 아직까지 미궁의 제대로 된 길을 탐색하진 못했다. 엉뚱한 길이고, 왔던 곳으로 되돌아간다는 사실을 알고서도 왼쪽을 고집했다.

'아직은 악마병들이 너무 많으면 버거워. 익숙해질 필요가 있겠군.'

로드릭 미궁을 파훼하는 방법은 크게 보면 두 가지였다.

첫 번째는 단숨에 중심부까지 찾아가는 것이다.

이 경우는 일단 길을 제대로 모른다는 점이 문제지만, 전투력을 보전하고 있을 때에 승부를 볼 수 있다는 장점이 있다.

위드는 멀리 돌아가기로 했다.

'최대한 많은 전투를 해야지. 이 미궁에 대해서 아는 것이 너무 없는 상태에서 무모하게 모든 것을 걸고 갈 수는 없어.

어딘가에 단서가 있을 테니 미궁의 모든 것을 샅샅이 뒤져 보자.'

제이든이 함정을 해체하면서 답답할 정도로 천천히 이동을 했다.

휴식 시간에는 요리도 만들고, 성기사들에게 번갈아 보초를 세우며 잠도 나누어서 자도록 했다.

마판이 가져온 마차들은 단지 전투 물자가 아니라 이삿짐에 가까웠다. 아예 로드릭 미궁에 살림을 차릴 작정을 하고 온 것이었다.

"울렌바 마굴로 가실 사냥 파티 구합니다. 레벨 230 도끼 전사이고, 그곳에서의 사냥 경험도 여러 번 됩니다."

"보라색 돌멩이 가지고 계신 분? 15개 구하고 있습니다. 인챈트 마법 익히는 데 꼭 필요해서요."

"라수르 마을로 이동하는데 몬스터들 때문에 위험하니 같이 가실 분들은 동문으로 오세요!"

위드가 보이지 않는 사이에도 베르사 대륙의 시간은 잘 흐르고 있었다.

아르펜 왕국의 영토는 넓어지고, 기술의 발달로 새로운 건물들이 올라갔다. 건축가들이 야심차게 도전했던 위대한 건축물들도 차례차례 완공되면서 왕국 축제도 벌어졌다.

"아르펜 왕국 만세!"

"수정 시계탑 완성 기념 공연이 지금 시작됩니다."

"풀죽! 풀죽!"

위대한 건축물들은 아르펜 왕국의 발전을 촉진시키는 역할을 해냈다.

장시간 사냥을 나갔다 오거나 모험을 마치고 돌아온 유저들이 마을에서 헤매는 것은 필수였다.

"여기가 유셀린 마을이 맞아? 우리 잘못 온 거 같은데……."

"성벽도 생기고 길도 넓어지고 사람 많이 다니는 것 봐. 6개월 동안 아무 변화가 없던 마을이 한 달 만에 도시가 된 거야?"

"아, 저거 알카사르의 다리다! 우리가 떠날 때 짓고 있었는데 벌써 완공되었나 봐."

"저 다리를 통해서 강 너머로 갈 수 있는 거네. 반대쪽도 불빛이 엄청 많은데?"

"밤이라서 잘 안 보이긴 하는데, 저쪽에도 도시가 지어지고 있는가 봐."

유저들이 길 한복판에서 멍하니 서 있는 경우도 흔했다.

"저기, 시장에 가려면 어디로 가야 돼요?"

"뭐 사려고 하시는데요."

"가죽 손질 도구랑 사냥감 넣을 가방요."

"아, 그거면 광장 남쪽에 있는 가죽 전문 상점으로 가 보세요. 시장은 동쪽 상가의 뒷골목에 엄청나게 큰 규모로 이전했는데, 간단한 물건은 찾기 어려우실 거예요."

"고맙습니다."

과거 모라타의 변화가 아르펜 왕국 전체로 옮겨붙은 것처럼 발전 속도가 빨랐다.

이렇게 왕국이 발전하다 보니 수도인 모라타는 더 번성했다.

초보자라면 북부에서 시작하는 게 당연한 선택이었다.

"아르펜 왕국의 국왕은 명예와 긍지를 지키고 있다. 기사들이여, 니플하임 제국의 영광을 다시 이룩할 수 있는 분은 오직 국왕 위드뿐이다."

"제국 기사단은 새로운 국왕에게 충성을 다하자. 카리스마적인 그를 따르는 건 영광스러운 일이다."

띠링!

벤트 성의 기사들이 아르펜 왕국의 국왕 위드에게 충성을 바치기로 결의하였습니다.
북부 대륙에 국왕 위드에 대한 칭송이 자자합니다. 니플하임 제국의 마지막 남은 기사들은 처음에는 이러한 소문들을 믿지 않았습니다. 그러나 상인들의 방문과 자유 기사들이 전하는 이야기들이 그들이 마음을 열게 만들었습니다.
니플하임 제국의 기사들은 아르펜 왕국의 국왕 위드라면 그들을 영광의 길로 인도해 줄 것이라고 믿습니다.
벤트 성이 아르펜 왕국에 귀속됩니다.
아르펜 왕국의 주민이라면 누구나 성을 방문할 수 있고, 이주와 개발, 교역이 가능합니다.
벤트 성의 모든 건축물과 토지는 아르펜 왕국의 소유가 됩니다.
아르펜 왕국의 지역 정치에 대한 영향력이 크게 높아집니다.

"아자! 새로운 교역로가 열렸다."
"상인 여러분, 어서 벤트 성으로 가서 듬뿍 바가지를 씌웁시다!"
"특산품은 뭐가 잘 팔려요?"
"거긴 아직 물자가 모자라서 모라타에 있는 거라면 뭐든 인기예요."

아르펜 왕국 전체가 들썩이던 날, 초보 상인들이 마차를 타고 줄지어서 벤트 성으로 몰려가기도 했다.

모험가들과 기사들도 반갑게 벤트 성으로 향했다.

"거긴 어떤 모험이 있을까?"
"빨리 가자. 우리가 최초 퀘스트도 하고 던전 사냥도 해야지."
"밀러 님, 회사 출근하시는 날 아니에요?"
"일주일 휴가 내고 접속했어요. 오늘부터는 모험입니다!"

니플하임 제국의 몰락 이후에도 벤트 성은 그대로 남아 있

었다. 그곳의 주민들이 알고 있는 이야기들 중에는 희귀한 퀘스트가 많이 있는 것도 당연했다.

"기사여, 아직 말을 다루는 법이 미숙하군."

"배움을 얻기 위하여 왔습니다."

"니플하임 제국의 마상 전투술에 대해서 가르쳐 주도록 하지."

"헛, 그렇게 고급 기술을……! 죽을 각오를 다해서 배우겠습니다."

기사들은 성에서 새로운 기술들도 습득할 수 있었다.

모라타에서 시작한 초보자들은 기사 직업을 많이 선택했다. 말을 타고 거침없이 질주를 하거나, 정의를 지키며 왕국에 충성을 다하는 기사가 좋았던 것이다.

물론 북부에서는 언제 몬스터들을 만날지 모를 정도로 위험하기도 하니 전투 능력도 괜찮을뿐더러 방어 능력이 좋은 기사는 인기 직종이었다.

다만 마을에 소속된 기사들은 품위와 명예에 대하여 인정을 받지 못했다. 그래서인지 아르펜 왕국이 건국되고 나서 가장 기뻐한 이들은 기사들이었다.

"이제 우리도 어디 가서 아르펜 왕국의 기사라고 당당히 말할 수 있어!"

"캬캬캿, 친구들한테도 자랑할 거야."

왕국의 영향력이 미치는 범위에서는 명성이 낮더라도 기사로서 주민들로부터 더 좋은 대우를 받을 수가 있었기 때문이다.

기사라면 당연히 왕국을 위한 전투가 벌어지거나 치안 회복을 위한 퀘스트를 빠져서는 안 되는 의무가 부여된다. 그렇지만 왕국의 기사가 되면 얻는 이익이 크기에 기꺼이 수행을 했다.

"저기 하늘에서 뭔가가 오는데?"

"구름 아닌가?"

"무슨 땅덩어리 같기도 한데……."

아르펜 왕국으로 천공의 섬 라비아스까지 도착했다.

조인족들이 살아가는 섬!

"아르펜 왕국 장난 아니다. 무슨 이런 신 나는 일이 부지기수로 벌어지냐."

"이거 뭐 왕국 발전 속도 쫓아가기가 힘드네. 조금만 놀아도 뒤처질 거 같으니 사냥도 열심히 해야겠다."

"CTS미디어에서 매주 아르펜 왕국과 관련된 프로그램을 하는데 그것도 꼭 봐야 돼. 그리고 술집에서 소문도 놓치면 안 되고."

천공의 섬 라비아스는 모라타를 중심으로 근처를 돌아다녔다. 유저들은 퀘스트와 상점의 물품 구입을 통해서 라비아스로 날아갈 수 있게 되었다.

풀죽신교에서는 긴급회의도 벌어졌다.

"우리의 풀죽이 낙후되어 있으면 안 됩니다."

"저도 동의합니다. 전 대륙에 풀죽의 우수한 맛을 전파해야죠."

"조인족들도 풀죽의 맛에 빠뜨려 봅시다."

"막 태어난 새들이 풀빵을 쪼아 먹는 걸 보고 싶어요."

조인족들을 위한 풀죽 개발!

그리고 위드가 오랫동안 모습을 드러내지 않는 문제에 대한 논의도 있었다.

벌새로 여행을 하고, 폭풍 속에서 광휘의 검술을 수련하는 등 새로운 모험의 성공이나 사냥으로 떠들썩해지면서 아르펜 왕국에서 모습을 감춘 지도 꽤 오래되었다.

"프레야 교단과 루의 교단의 성기사들과 사제들을 동원해서 어딘가를 가셨다는 이야기가 있던데… 뭔지 몰라도 소식이 없는 걸로 봐선 어마어마할 겁니다."

"이번 모험도 성공하겠죠?"

"당연하죠. 위드 님이니까요!"

헤르메스 길드에서는 지난 시간을 허투루 보내지 않았다.

"칼라모르 왕국, 라살 왕국, 브리튼 연합 왕국의 점령지에 대한 통합 작업은 거의 완료 단계에 접어들었습니다."

"툴렌 왕국은?"

"그쪽도 정리 작업이 끝나 갑니다. 흑사자 길드의 잔여 세력이 남아 있기는 하지만 베덴 길드를 앞세워서 계속 청소 중입니다."

브리튼 연합 왕국에서도 클라우드 길드를 상대로 공작을 진행 중이었다. 핵심 길드원을 빼내는 것은 물론이고, 동맹 길드들도 해체하여 흡수했다.

바야흐로 헤르메스 길드는 칼라모르, 라살, 브리튼 연합, 톨렌 왕국을 완벽하게 먹어 치우고 대하벤 제국을 이루어 가고 있었다.

헤르메스 길드에서는 이번에 다시 그들이 영토를 확장한다면 그땐 멈출 수 없다는 사실을 알았다.

"지속적인 보급을 위해서는 광산 개발과 대장장이 확보에 신경 쓰고, 도로를 개설하여 보급로에 만전을 기해야 한다."

"그 점을 감안하여 정복 계획을 수립하고 있습니다."

경쟁 길드나 다른 눈여겨봐야 할 세력들은 이간질을 해서 사이를 벌려 놓거나, 뒷공작으로 약화시키는 작업도 성과가 있거나 없거나 꾸준히 추진 중에 있다.

라페이는 대륙 정복을 위한 준비 과정이 차질 없이 진행되어 가고 있어서 더할 나위 없이 만족스러웠다.

"황궁의 건설 작업은?"

"방대한 부지에 토목공사를 했기 때문에 최대한 서둘렀음에도 공정률이 83% 정도입니다."

"예산은 아끼지 말고 투입하도록 해야 한다."

"문제가 없습니다. 다만 황궁에는 예술품 장식도 많이 필요해서 시간이 늦어지고 있습니다."

황궁의 품위를 위해서는 조각상과 미술품 그리고 훌륭한 건축물은 필수였다.

황제의 권위를 높여 주고 제국 전체에 지배력을 확대하기 위하여 황궁을 건설하고 있었는데, 실력 있는 예술가와 건축가가 너무도 부족했다.

건축가들은 길드의 의뢰로 열심히 건축물을 짓더라도 제대로 대가를 받지 못하거나 금방 다시 빼앗겨 버리는 경우가 많았다. 어렵게 완공해 놓은 건물들도 전쟁으로 인하여 파괴되어 버리기 일쑤다.

결국 지금은 훌륭한 솜씨를 가진 건축가들은 거의 북부로 떠나 위대한 건축물들을 짓고 있었으며, 불과 얼마 전까지만 해도 길가의 돌멩이 취급도 안 해 주던 예술가들도 마찬가지였다.

문화 발전은 오히려 북부가 중심이 되고 있었다.

예술가들이 부족하다 보니 황궁의 건설 작업이 늦어졌다.

"황궁이 완공되는 날, 헤르메스 길드의 대륙 정복 전쟁이 시작될 것이다."

대륙을 정복하는 데 명분 따위는 중요하지 않다.

결국은 힘이 강한 자가 대륙을 갖게 되는 것!

군대는 세 갈래로 나뉘어서 리튼, 그라디안, 아이데른 왕국으로의 원정을 나아가게 되리라.

"참, 위드의 상황에 대해 소식이 들어온 건 없는가?"

라페이는 다른 경쟁 길드들보다는 오히려 위드에 대해서 더 관심이 갔다. 좀 잠잠하다 싶으면 나타나서 큰 사고를 치곤 했으니까!

"정보부의 분석에 따르면 위드가 로드릭 미궁으로 떠났을 거라는 이야기가 있습니다."

"믿을 만한 정보인가?"

"소므렌 자유도시에서 이동하던 프레야 교단과 루의 교단 성기사들과 사제들을 목격한 이들도 있습니다. 그리고 그 근처에서 그 정도의 전력이 들어갈 만한 곳은 아무래도……."

"로드릭 미궁밖에는 없겠지. 그렇지만 거기를 들어간다는 건 자살행위인데."

라페이는 어이가 없어서 잠시 생각을 해 보았다.

'도대체 제정신인가? 조각사 직업 마스터 퀘스트나 열심히 해도 시원찮을 판국에…….'

지금까지의 고생도 놀라운데 직업 마스터 퀘스트에 로드릭 미궁을 공략하라는 것까지 있진 않으리라.

'직업 퀘스트들은 끝내 놓기에 충분한 시간이 되었지. 이변이 없는 한 직업 퀘스트를 가장 먼저 마치는 건 위드가 될 것이다. 그런데 미궁에서 죽는다면 조각술 숙련도도 크게 떨어지게 될 텐데.'

마스터를 앞두고 스킬 숙련도가 하락하게 된다면 그것만큼 아까운 일도 없으리라.
　위드의 경우에는 다른 생산 스킬의 수준도 대단히 높다고 하였으니 죽음으로 입게 되는 피해도 심각할 정도로 클 것이다.
　'도무지 이해가 안 되는군. 이 시점에 로드릭 미궁이라……. 나라면 로드릭 미궁을 파훼할 수 있을까?'
　라페이는 고개를 절레절레 저었다.
　지금까지 유명한 모험 파티들이 로드릭 미궁에 수많은 도전을 해 왔다. 그들도 로드릭 미궁을 공략하는 데에는 전부 실패했다.
　몬스터도 문제지만 중심부로 향하는 올바른 길을 찾는 것은 누구도 해내지 못했다.
　아이언모닝스타 길드 전체가 몰살을 당할 정도로 몬스터나 함정, 미로의 수준이 높았다.
　"위드는 로드릭 미궁에서 자멸하게 될 것입니다."
　헤르메스 길드 정보부의 냉정한 분석이었다.
　"결국엔 그렇게 될 것 같군."
　라페이는 수긍하면서도 뭔가가 찜찜했다.
　마법의 대륙에서도 비슷한 과정들이 있었다. 모든 사람들이 절대 해내지 못할 것이라고, 불가항력이라고 평가하던 모험들을 성공적으로 마쳤던 사람이 위드였다.

성기사들의 희생

위드는 생고생을 하면서도 반가웠다.

"이제야 조금 살아가는 맛이 나는군."

성기사와 사제 들, 바하모르그의 뒤치다꺼리를 몽땅 하면서도 그들이 살아 있는 것만으로도 고맙게 여겼다.

이틀 동안 악마병과 몬스터 들과 싸우면서 성기사들의 희생이 54명이나 되었다.

로드릭 미궁으로 들어올 때에는 깨끗한 갑옷을 입은 성기사 680명이었지만 지금은 숫자가 확 줄어들어 있는 것이 눈으로도 느껴질 정도였다.

아직 미궁의 중심부로 들어가지 않고 겉만 빙빙 돌고 있는데도 성기사들의 피해가 이렇게 야금야금 발생했다.

그동안 성기사들의 진형에 대한 연구나 전술 변화, 무엇보다 사제들과의 협력 부분이 계속 개선되었다. 악마병들의 거센 공격을 받고 있을 때의 신성 마법으로의 반격과 치료 집중을 연습한 것이 피해를 약간이라도 더 줄일 수 있게 된 계기였다.

"보약이 왜 몸에 좋겠어. 그게 다 쓰기 때문인 거지. 지금도 돌아갈 수는 없지만, 나중에는 정말 위험한 순간들이 올 테니 조금이라도 더 겪어 봐야지."

위드가 준비해 온 보급 물자는 그대로 많이 남아 있었다. 현장 조달의 원칙에 따라서 웬만한 것들은 미궁에서 구해서 썼기 때문이다.

몬스터의 가죽과 고기, 벽에서 자라나는 지혈 효과가 있는 약초, 과거 미궁으로 들어왔던 원정대들이 남기고 간 유품들도 입수되었다.

"이게 꽤 짭짤하군!"

오래된 물건들은 레벨 200대들이 쓸 정도로 수준이 낮은 것들이었다.

로열 로드가 열리고 난 이후 얼마 안 되어서는 좋다고 소문이 났던 물품들이었는데, 그 당시에 로드릭 미궁에 도전했던 이들이 남겼으리라.

"아마 다른 사람들은 쓸모가 없다고 가져가지도 않은 모양이로군."

위드는 당연히 그런 물품들도 몽땅 챙겼다.

가끔 레벨이 높은 이들이 떨어뜨린 귀중한 아이템들도 그냥 버려져 있었는데, 이곳이 미궁이다 보니 찾으러 오지도 못한 모습이었다.

"난 기필코 살아서 나가야지."

위드가 가지고 있는 장비들도 화려하기 짝이 없었다. 바하란의 팔찌, 여신의 기사 갑옷까지도 몽땅 착용하고 있었기 때문에 죽는다면 원통한 일이 벌어질 가능성이 높았다.

여신의 기사 갑옷만큼은 입지 않고 놔두고 올까도 고민을 했지만, 악마병들이 주로 쓰는 흑마법과 저주 마법에 대한 내성과 저항력 때문에 입어야 했다.

성기사, 사제 들에 대한 통솔력 강화 역시 지금으로써는 반드시 필요하다.

위드의 카리스마와 통솔력이야 매우 높은 수준이었지만, 위험한 미궁에서 한 번이라도 패배를 겪게 되면 사기가 추락하여 되돌릴 수 없는 결과가 나올 것이기 때문이다.

"취한다. 딸꾹!"

제이든은 함정 해체를 하면서 아직까지 실수는 없었다. 술을 지급하는 것이 부려 먹기 위한 약속이었고, 또한 제정신이 아닌 게 더 나았다.

"아… 안 돼. 여기에 오는 것이 아니었어. 우린 죽어 버리고 말 거야. 으아아악!"

"자, 한 잔 하시고…….."
"캬하, 술맛 좋구나. 껄껄껄!"
성기사와 사제 들은 아직까지는 상태가 양호했다.
"이런 곳에 악마병들이 있었다니……."
"모조리 처단해야 합니다."
타고난 용사인 바하모르그의 경우에는 걱정할 것이 조금도 없었다. 악마병이 둘, 셋이 나타나더라도 포효하면서 적들의 공격을 모두 자신에게 유도했다.
악마병과 몬스터 들과 싸우면서 바하모르그와 성기사들도 레벨이 약간씩은 올랐다. 사제들의 치료 마법 실력도 조금 나아졌지만, 그렇게 큰 차이는 아니었다.
위드의 레벨도 한 단계가 올라서 429가 되었다.
악마병들의 레벨은 일상적인 사냥으로 잡기에는 매우 부담스러운 정도다. 미궁 밖에서는 보스급 몬스터로 분류되고도 남는 수준이다.
레벨 500대의 몬스터를 매일 사냥하는 파티는 존재하지도 않으리라.
성기사들의 희생이 있었지만 경험치와 전투 스킬의 숙련도는 상당히 많이 얻을 수가 있었다.
"광휘의 검술 파괴력도 놀라울 정도이니 여기서 악마병을 사냥하며 레벨을 올릴 수가 있겠군!"
위드는 광휘의 검술로 경험치를 쌓아 갔다.

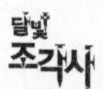

성기사들이 죽어 나갈 때마다 프레야 교단과 루의 교단의 공헌도가 떨어지고 전투력이 약해진다는 점이 유일한 단점이었다.

로드릭 미궁을 정복하지 못한다면 여기 있는 전원이 살아서 나가지도 못하기에 불안했다.

"미궁에 대해서 알아낸 것이 아직은 없지만 계속 찾아봐야지."

미궁 탐색이 진행되면서 악마병들은 3마리, 4마리씩 나타났다.

"치료 마법 집중. 장기전으로 간다. 사제들은 마나가 남으면 일선에서 싸우는 성기사들이 다치지 않았더라도 계속 치료 마법을 써 줘. 그리고 알베론."

"예, 위드 님."

"놈들이 주문을 외우려고 할 때 보호 마법을 펼쳐 줘. 너밖에는 막아 줄 수 있는 사람이 없으니."

"알겠습니다."

다수의 악마병이 나타나자 병력 지휘는 더욱 어려워졌다. 악마병들이 많아짐에 따라서 위험도가 훨씬 높아진 것이다.

철저한 수비를 바탕으로 하고, 악마병들 사이를 떨어뜨려 놓았지만 그럼에도 호락호락하지 않았다.

"여기까지 온 것을 보니 제법 실력이 있는 인간들이군."

"다 함께 지옥으로 가자!"

악마병들의 광역 공격 마법이 작렬!

방패를 들고 있었음에도 선두의 성기사들이 회색빛으로 변해서 사라졌다.

"알베론, 놈들의 눈을 가려!"

"홀리 버스터!"

알베론의 신성 마법은 강렬한 빛을 뿜어내며 악마병들이 일시적으로 눈을 뜨지 못하고 괴롭게 했다.

"루의 기적."

데리안은 신검의 힘으로 기적을 발휘하여 성기사들의 능력을 올렸다.

악마병들을 온전히 막아 내기 위해서는 다들 최대한의 능력을 보여 줘야 했다.

"상대하는 악마병들이 지금보다 늘어난다면 수비 위주의 진형이나 장기전으로 이끄는 것은 한계가 있겠어."

대장장이 스킬과 요리의 뒷받침이 없었다면 성기사들이 지금보다 훨씬 많이 죽어 나갔을 것이다.

위드는 악마병들이 주로 사용하는 스킬들이나 행동법에 대해서는 철저히 가려냈다.

악마병들의 물리적인 공격에 성기사들이 몇 번이나 버틸 수 있는지, 마법 공격들은 어떤 식으로 방해하거나 아니면 막아 내야 하는지를 이해하는 게 전투 지휘에서 중요한 부분이었다.

"병력 운용을 더 완벽하게… 노는 놈들을 없애야 해."

성기사와 사제의 조합 그리고 바하모르그까지, 톱니바퀴가 돌아가듯이 완벽하게 싸움을 해야 했다. 미궁 깊은 곳으로 들어갈수록 악마병들은 더욱 많이 나올 테고, 변종 몬스터의 수준도 오를 것이기 때문이다.

"이대로는 안 되겠군. 악마병들이 더 늘어나면 위험하겠어."

위드가 악마병들과 매끄럽게, 더 이상은 전투를 잘할 수 없는 수준으로 성기사와 사제 들을 다루더라도 희생은 가끔씩이지만 계속 생겼다. 악마병들이 영악해서 비슷한 방식으로 단순하게 싸우지 않았기 때문이다.

철벽과도 같은 수비를 하더라도 성기사들이 한자리에 조금 오래 머무르다 보면 공격을 집중당해서 쓰러졌다.

재빨리 구해 내지 못하면 사망!

위드가 그렇게나 보살폈음에도 지금까지 죽은 성기사들이 무려 71명에 달했다.

'더 부려 먹지 못하고 이렇게 보내는구나.'

전투 후에 사망자들이 생기면 네크로맨서로 시체라도 일으키고 싶었지만 그러지 못하는 것이 안타까울 따름이었다.

그나마 아직까지 사제들의 희생이 없는 것은 성기사들로 하여금 철저히 보호를 받게 해 두었기 때문이다. 악마병이 사제들이 있는 장소에서 날뛰기라도 한다면 결과는 참혹하기 짝이 없으리라.

"바하모르그."

"말하라."

"나와 같이 싸워 줘서 고맙다."

"나를 믿기 때문에 이곳까지 같이 온 것을 안다. 시시하지 않은 적과 싸울 수 있어서 좋다. 바바리안 용사답게 싸울 것이다."

위드는 로드릭 미궁에서 바하모르그가 제일 믿음직스러웠다.

'다른 조각 생명체는 죽을까 봐 걱정되어서 안 데려왔는데. 자기만 데려왔더니 특별히 믿는 것으로 오해를 하고 있군. 역시 일찍 죽었던 데에는 다 이유가 있었어.'

사제들의 치료만 뒷받침이 된다면 악마병들 사이에서도 바하모르그는 어느 정도 버틸 수 있을 것 같았다.

원래 워리어란 족속들은 자신보다 강한 적들에게도 맞서는 쉽게 죽지 않는다. 끝까지 버티다가 동료들이 다 죽고 나서 최후에 쓰러지는 경우가 많았다.

하물며 바하모르그와 악마병들은 레벨도 얼추 비슷했다.

위험하더라도 맡기는 수밖에는 없다는 판단.

물론 바하모르그까지 죽는다면 그 후는 생각할 필요도 없었다.

"바하모르그, 아무튼 계속 전진이다."

"간다. 모두 나에게 덤벼라. 투리야아!"

- 야성의 외침을 들으셨습니다.
 육체적인 전투 능력이 압도적으로 향상됩니다.
 단순한 공격 스킬들의 위력이 크게 배가됩니다.
 머리를 활용해야 하는 복잡한 스킬은 쓰지 못합니다.

워리어의 포효 스킬!

바하모르그가 앞에서 전진을 하자 벽과 천장, 망가진 탁자, 다 녹아 버린 촛대 밑에서 자그마치 악마병 7마리가 튀어나왔다.

시커먼 근육질의 몸에 창과 양손도끼 등을 들고 날개를 펄럭이며 공중을 날아왔다.

"크힛, 인간들이 왔다는 소식은 들었다. 이곳까지 올 줄은 몰랐는데……."

"먹히기 위해서 왔구나!"

"죽음이 소원이 되게 해 주지."

"악마 투발스레 님이 직접 처단해 주겠다."

숫자가 늘어나리라고 예상은 했지만 한꺼번에 무려 7마리!

악마병들은 은밀한 습격을 할 수도 있었다. 인간들을 얕보고 먼저 등장한 것이 아니고, 대부분이 성직 계열이라서 악마병들을 일찍 알아차릴 수가 있었다.

"역시 이놈의 팔자는… 그래도 예상은 하고 있어서 다행이지."

위드는 어떤 일이든 운 좋게 쉽게 풀리리란 기대는 절대하지 않았다.

 로또를 사도 당첨이 안 되고, 사소한 경품 하나 받아 본 적도 없다. 구매 후 상품평을 쓰더라도 매번 행사 대상에서는 제외가 되었다.

 악마병들이 3~4마리씩만 꾸준히 나타나 준다면 오히려 더 의심을 했을 터!

 "물러서서 수비 진형! 성기사들은 석궁 장전되는 대로 쏴. 당장은 목표를 가리지 않아도 된다. 그리고 신성 마법 공격 시작해! 신성 마법을 퍼부어서 악마병들이 접근하지 못하도록 해라!"

 악마병들이 한꺼번에 많이 나온 만큼 공격을 집중하여 숫자를 빨리 줄일 수가 없었다. 그렇게 하다가는 자유롭게 활동하는 악마병들에 의하여 피해가 더 커질 수도 있기 때문이었다.

 바하모르그가 전부를 막아 주지도 못해서, 악마병들은 이리저리 흩어질 수도 있다.

 무엇보다 어려운 것은, 최악의 상황이지만 전투 중에 사제의 마나가 떨어져 버릴 수도 있다는 점이었다.

 악마병에게 공격받는 성기사들이 오래 버티지를 못하다 보니 치료 마법을 과하다 싶을 정도로 써 줘야 되었다. 그런 마당에 사제들의 마나가 똑 떨어진다면 그것은 대참사를 불러오게 될 것이다.

성기사들이 대량으로 죽어 나가면 로드릭 미궁에서의 퀘스트는 실패였다. 사제들도 피해를 입기 시작하면 얼마 버티지도 못하고 급격히 무너져 미궁에서의 전원 몰살 또한 확정되어 있는 것이다.

"일점 공격술!"

신성 마법이 작렬하는 사이로 위드는 악마병의 가슴에 일점 공격술을 사용했다.

상대를 완전히 파괴시킬 수도 있는 결 검술까지 쓰면 좋겠지만 아쉽게도 무리였다.

결 검술은 상대방의 생명력과 방어력을 감각으로 알아야 한다. 생명력이 높은 보스급 몬스터들은 상태를 정확히 파악하기가 어렵다. 설혹 위드가 최대의 공격을 하더라도 악마병들의 방어력이 높아서 결 검술을 발동시키는 것은 무리였다.

'기사들의 피해가 너무나도 크다.'

싸우는 와중에도 악마병의 채찍에 휘감겨 목숨을 잃는 성기사들이 보였다.

'바하모르그가 해 주지 못한다면 내가 함께 버텨 주는 수밖에는 없어.'

위드는 악마병의 창을 쳐 내고 물러나며 조각품을 꺼냈다.

"조각 파괴술! 이 모든 것이 힘이 되어라."

-조각 파괴술을 사용하셨습니다.
걸작 조각상이 파괴된 고통! 슬픔!
예술 스탯이 5 영구적으로 사라집니다. 명성이 100 줄어듭니다.
예술 스탯이 일 대 사의 비율로 하루 동안 힘으로 전환됩니다.
예술 스탯이 너무 높습니다. 원래 가지고 있던 힘 스탯이 낮기 때문에 한꺼번에 전환이 이루어지지는 않습니다.
힘 890이 고급 스킬 8레벨의 '통렬한 일격'으로 바뀝니다. 힘을 잔뜩 실은 공격이 정확히 적중하면 적들을 멀리까지 날려 버릴 것입니다. 마비와 혼돈 상태에 빠지게 만드는 비율을 늘립니다.
힘 980이 고급 스킬 7레벨의 '꿰뚫는 창'으로 바뀝니다. 강력한 공격력으로 상대방의 갑옷과 방패를 통째로 부숴 버릴 것입니다.
힘 1,430이 고급 스킬 9레벨의 '순간의 괴력'으로 바뀝니다. 짧은 시간 동안 낼 수 있는 최대 힘의 3배까지 쓸 수 있습니다. 막대한 체력을 필요로 합니다.
힘 1,598이 고급 스킬 3레벨의 '숙련된 공격자'로 바뀝니다. 공격 스킬의 데미지를 늘려 줍니다.

위드는 곧바로 악마병의 무기를 강하게 받아쳤다.

-검의 한계를 초과한 충돌로 데몬 소드의 내구력이 감소합니다.

내구력이야 다시 수리를 하면 될 일.
"어디 해보자. 지금은 마음껏 날뛰어 줄 시간이다!"
악마병의 가슴은 빈틈투성이였다.

본래대로라면 레벨이 아주 높은 악마병의 힘이 월등히 강했다. 그래서 위드도 지금까지는 악마병의 힘에 밀리면서 전투를 치르기가 어려웠다. 여신의 갑옷도 손상이 생기고, 자

잘한 부상으로 생명력도 줄었다.

그렇지만 조각 파괴술을 사용한 이상 힘은 흘러넘쳤다.

"헤라임 검술!"

위드의 손에서 장난감처럼 자유자재로 움직이며 악마병을 연속으로 공격하는 검!

"크헥, 대단한 인간이구나!"

검이 잔상을 남기며 거짓말 같은 각도에서 마술처럼 움직이면서 악마병을 빠르게 연속으로 베었다. 주로 무겁고 긴 무기를 다루기 때문에 움직임이 느린 편인 악마병으로서는 속절없이 피해를 입을 수밖에 없었다.

마음 같아서는 악마병 여러 마리를 상대하고 싶었지만 1마리라도 확실히 맡으며 싸우는 것이 최선이었다.

성기사와 사제 들은 다른 악마병 4마리를 맡아야 했다.

알베론과 데리안이 활약을 하며 모든 신성력을 쏟아 내어 악마병들의 발길을 붙잡았다.

"프레야 여신이여, 이제 당신의 품으로 가겠습니다."

"루의 검으로 용기를 행하리라."

성기사들의 목숨을 바치는 헌신으로 악마병 4마리를 막아 내고 결국은 해치웠다.

위드도 사제들의 지원을 받으면서 사냥을 성공시켰다.

그사이에도 바하모르그는 악마병 2마리를 상대로 무사히 견뎌 내고 있었다.

'이제 다시 2마리가 남았군.'

모두가 정상은 아니었지만 피할 곳이 없다.

벌써 상당히 많은 성기사들이 죽은 것 같았고, 부상이 심한 이들도 많았으니 간악한 악마병들은 위기에 처하면 일단 그들을 노리게 되리라.

"우리는 승리할 것이다. 이제 2마리만 더 없애면 된다!"

―스킬 : 사자후를 사용하셨습니다.
사자후 스킬의 영향 범위에 있는 모든 아군의 사기가 200% 상승합니다.
존재하는 모든 혼란 상태가 해제됩니다.
5분간 통솔력이 300% 추가 적용됩니다.

"여신을 위하여!"

"루의 밝음으로 악마를 몰아내리라!"

성기사와 사제 들은 사기가 회복되어서 악착같이 전투를 계속했다.

바하모르그에 대한 치료도 이어지면서, 몸 상태가 정상에 가깝게 회복되었다.

"크릇… 번거로워지는군."

"살육이 더욱 하고 싶다."

2마리의 악마병은 지금까지 그랬던 것처럼 바하모르그의 수비 범위에서 빠져나와서 성기사들을 습격!

악마병들이 도발을 벗어났을 때에는 위드나 데리안처럼 상대하기 까다로운 쪽보다는 최대한 많은 살상을 할 수 있는

쪽을 선택하곤 했다. 그리고 자신의 생명도 돌보지 않으면서 최대한의 공격력을 발휘하였다.

> −모든 악마병들이 제거되었습니다.
> 이 미궁을 빠져나간다면 성기사들의 거룩한 희생정신은 세상에 알려지게 될 것입니다.

"크으윽!"
"정말 지독한 전투였어."

힘겨운 전투를 마치고 나서 피해를 확인해 보니 성기사가 무려 22명이나 죽었다.

악마병들을 상대로 하면서 정말 위급한 순간이 많았는데, 성기사들이 불굴의 희생정신으로 버텨 내지 않았다면 훨씬 더 많이 죽었을 것이다. 알베론도 죽기 직전의 성기사를 최소한 10명 가까이 살려 냈다.

그나마 위드의 지휘 능력에, 신앙심이 투철한 고위 성기사들로 구성되었기에 얻어 낼 수 있었던 기적 같은 승리였다.

"그래도 고작 한 번의 전투로 죽어 나간 성기사가 너무 많구나."

로드릭 미궁에서는 악마병들과의 전투가 큰 문제인데 이런 식으로 헤매면서 목적지에 도착하려면 이런 싸움을 수백 번이나 거듭해야 할지 모른다.

위드의 눈가에 짙은 그늘이 지고 있었다.

아무리 낙천적인 사람이더라도 로드릭 미궁에 들어오게 되면 마침내 실패를 떠올리게 된다.

셀 수 없이 달려드는 잔혹한 악마병들, 몬스터, 마법으로 이루어진 환영들!

끝도 없는 것처럼 복잡하게 이어져 있는 길에서는 함정들도 불시에 터져 나온다.

데리안과 알베론, 성기사와 사제의 조합 그리고 함정을 찾는 제이든과 바하모르그는 이런 곳에서 오래 버티기에는 최적의 구성이었다.

사제들이 뒷받침이 되어 주어서 강한 적을 만났을 때 장기전으로 끌고 가면 월등히 유리하고, 성기사들의 방어력도 비슷한 레벨에 비해서는 훌륭했다.

위드가 이끄는 부대는 공격과 회복, 수비에서 균형이 잘 맞았다.

현실적으로 공헌도가 높더라도 다른 왕국의 왕실 기사단은 잘 빌릴 수가 없다는 점을 감안하면 최고의 선택이었다.

요리와 생산 스킬들까지 지원을 해 주었으니 로드릭 미궁에서 오랫동안 버티는 것이 가능했다.

그러나 십여 번 정도의 전투를 더 치르면서 성기사들이 계속 목숨을 잃었다. 로드릭 미궁에 들어와서 죽은 성기사들만

이제까지 163명이나 되었다.

"이대로라면 몰살이야."

위드는 부상을 입고 쓰러져 있는 성기사와 바하모르그를 보았다.

악마병 9마리와의 힘겨운 싸움을 방금 마치고, 마나를 소진한 사제들은 저마다 여기저기 패잔병처럼 누워 있었다. 미궁으로 처음 들어왔을 때보다 성기사들이 상당히 많이 줄어들어서 전투를 치르며 대기하는 여유 병력도 없었다.

바하모르그야 투지가 워낙 강해서 어디에 떨어지더라도 마지막까지 싸울 독종이었다.

성기사와 사제 들도 신앙심이 투철하여 쉽게 사기가 떨어지지는 않는다.

위드가 맛있는 최고의 요리를 해 주는 것도 사기를 계속 높게 유지하는 요인이었다. 만약에 사기마저도 떨어지게 되면 회복 속도도 느려지고, 전투 중에 겁에 질려 제대로 싸우지 않을 수도 있다.

용병 길드에서 용병들을 대거 고용해 올 수도 있었지만 그들은 자신들이 살아남지 못할 것이라고 생각하면 사기가 급속도로 낮아진다. 반란을 일으키거나 무리에서 이탈할 수도 있기 때문에 너무 위험한 장소에는 데려오기 어려웠다.

"그래도 용병이라도 끌고 왔어야 되었나. 돈을 더 뿌렸더라도……."

위드의 얼굴은 전과 달리 진지하고 심각했다.

성기사들의 비어 가는 자리도 갈수록 크게 느껴지는 데다가 미궁의 길은 알아내기 위한 단서도 찾아내지 못했다.

악마병들이 더 많이 나오는 걸로 봐서 미궁의 깊은 곳으로 들어가고 있는 것 같긴 하지만 오히려 이게 정말로 위험하다. 정확한 장소를 모르는 이상 근처를 빙빙 돌면서 악마병들과 전투만 계속 치르다가 전멸하는 꼴이 될 수도 있기 때문이다.

'성공이 불가능한 퀘스트였을까? 아니야, 아직 끝나지 않았다. 퉁퉁 불은 라면도 포기하기에는 아직 일러. 여기는 한 번 실패하면 다시 시도해 볼 수 없으니 나중에 후회하지 않기 위해서라도 모든 것을 제대로 다 걸어 보기라도 하자.'

어차피 도망쳐서 나간다는 것도 불가능하다.

미궁의 출구를 찾지도 못할 테고, 유린의 그림 이동술로도 공간 왜곡을 뚫고 올 수는 없었다.

갇혀 있는 동안에 찾아내고, 싸우고, 극복해 내는 수밖에는 없다.

'확실한 건, 이 미궁은 모든 조각술의 비기를 획득하고 나서 오는 곳이었어. 물론 조각술과 관련이 없는 직업을 가졌더라도 미궁을 제압할 수는 있겠지.'

아무리 길을 헤매더라도 걱정할 것 없이, 막강한 전력을 앞세워서 나오는 몬스터와 환영, 악마병 들을 다 물리치는

방법도 있긴 하다. 현재로써는 헤르메스 길드의 바드레이와 친위대 전원이 온다면 미궁을 정면으로 뚫고 제압할 수 있을지도 모른다.

하지만 악마병들의 공격력을 감안한다면 그들도 상당한 피해를 입을 것이다.

'내가 지금까지 조각술의 비기들을 얻으면서 했던 퀘스트에도 무언가 단서가 있지 않을까?'

위드는 지나쳤던 퀘스트의 과정들을 돌아보았다.

어떻게 긍정적으로 생각하더라도 현재의 전력으로는 실패할 수밖에 없다. 그렇다면 어떤 작은 단서라도 놓쳤던 게 아닐지 살펴봐야 한다.

그러다가 자하브와 관련되었던 퀘스트들이 불현듯 떠올랐다.

위드는 품에서 작은 손거울을 꺼냈다.

"이 물건을 얻은 적은 있는데… 감정!"

진실을 보여 주는 손거울 : 내구력 14/25.
고귀한 보석 손거울.
특수한 재질로, 신성력이 흐르고 있다.
환영과 거짓을 파헤쳐서 진실로 향하는 길을 안내해 준다.
특정한 장소에서 사용될 수 있을 것 같다.
제한 : 살인자나 악인은 사용 불가능.
　　　댄서와 바드, 사제가 착용하면 아이템의 효과가 2배가 됨.

옵션 : 지식, 지혜 +7.
　　　　매력 +23.
　　　　마나 최대치 11% 증가.
　　　　신앙심이 38 증가.
　　　　특정한 장소에서 길을 안내함.

　자하브가 사랑했던 이베인 왕비의 손거울.
　평소 조각 변신술을 쓰고 나서 외모를 확인하는 용도로 사용하고 있었다.

　-아이템의 추가적인 정보가 드러났습니다.

　"감정!"

진실을 보여 주는 손거울 : 내구력 14/25.
성자 만데리아가 간직하던 손거울이다. 평생을 소외되어 있는 사람들을 위하여 봉사한 그의 선행에 감동한 그라디안 국왕이 선물로 주었다.
만데리아는 빈민들을 돕기 위해 손거울을 판매하려고 하였지만, 국왕이 내준 선물을 구입할 간 큰 보석 상인이 없었다.
만데리아가 뒷골목에서 쓸쓸히 죽어 갈 때, 손거울에는 '진실의 길'을 찾아낼 수 있는 신성 마법이 걸리게 되었다.
환영과 거짓을 파헤쳐서 진실로 향하는 길을 안내해 준다.
만데리아의 신성력이 남아 있는 만큼 사용할 수 있음.
제한 : 살인자나 악인은 사용 불가능.
　　　　댄서와 바드, 사제가 착용하면 아이템의 효과가 2배가 됨.

손거울에 남아 있는 만데리아의 신성력이 고갈되면 모든 효과가 사라짐.
옵션 : 마법 저항력 +9%.
드물게 마법을 되돌려보낼 수 있다.
지식, 지혜 +24.
매력 +45.
마나 최대치 17% 증가.
신앙심이 38 증가.
사악한 기운이 흐르는 미로에서 길을 찾아낼 수 있음. 남은 횟수 2회. 전부 사용 시에는 평범한 손거울로 돌아옴.

"어렵게 구한 아이템을 고작 두 번밖에 못 쓰다니… 자하브와의 연계 퀘스트도 늦게 해서 못 했는데 아쉽군. 진실의 길!"

위드는 손거울을 바로 사용했다.

파아아아앗!

손거울에서 빛이 뿜어져 나와서 여러 갈래의 길 중 하나를 가리켰다.

"저곳이 맞는 길이로구나."

위드에게 그나마 희망의 등불이 켜졌다.

앞으로 가야 할 길에는 더 많은 악마병들이 나올 것이다. 솔직히 바하모르그와 성기사, 사제 들이 목적지까지 버텨 줄 수 있으리라는 가능성은 여전히 낮았고, 냉정하게 보면 불가능에 가까웠다.

그럼에도 일단은 위드의 입가에 흡족한 미소가 맺혔다.

"최소한 아이템은 하나 건졌군. 한 번 남았더라도 경매로 팔면 바가지를 씌울 수는 있을 거야."

딩동!
이현의 집 대문 앞에는 검정색 세단들이 줄줄이 대기하고 있었다.
"요즘 CTS미디어 시청률이 꽤나 높다던데… 축하드리오, 현 부장?"
"허헛, 무슨 말씀을. 요즘 온 방송국에서 신선한 프로그램을 많이 제작하고 계시더군요. 시청자들의 반응도 좋은 것 같은데……. 뭐, 그래 봐야 초반 인기가 떨어지면 몇 주나 가겠습니까만."
"전쟁의 신 위드는 우리 LK와 방송 계약을 할 겁니다. 깜짝 놀랄 만한 계약서를 들고 왔으니 다들 헛걸음을 하신 셈이지요. 그런데 디지털 미디어에서는 이사님이 직접 오실 줄은 몰랐습니다."
"사무실도 답답하고 해서… 가볍게 외유나 나와 보았지요."
대문 앞에 모여 있는 사람들 중 그 누구도 그 말을 믿지 않았다.
각 방송국의 중책을 맡고 있는 이들이 직접 이현의 집까지

찾아온 것은 최근에 하고 있다는 모험 때문이었다.

이현이 한동안 조각술 마스터 퀘스트에 전념하면서 방송국들은 특집 프로그램에 목말라 있었다.

정규 편성되는 여러 프로그램들의 질을 높여서 고정 시청자들을 늘리는 일도 매우 중요하다. 로열 로드의 시청자들은 갈수록 늘어나고 있어서, 방송국들은 광고 판매로 대규모 흑자를 기록했다.

제작한 프로그램을 외국의 방송사에 판매하는 것 역시 천문학적인 수익을 안겨다 줬다.

외국에서도 로열 로드에 접속하여 여가 시간을 보내는 문화가 너무나 당연해졌다. 파리, 런던, 상하이, 베네치아, 바르셀로나. 어느 도시에서도 로열 로드 관련 상품들이 판매되고 있었다.

대한민국의 대통령이 누구인지는 몰라도 전쟁의 신 위드라고 하면 누구나 고개를 끄덕일 정도였다.

위드가 단독으로 출연하는 특집 프로그램을 제작한다면 방송국의 이름이 두고두고 알려지게 된다. 전체적인 평균 시청률이 높아지게 될 절호의 기회라서, 방송국 관계자들은 놓칠 수가 없었다.

그가 로드릭 미궁에 들어갔을 거라는 정보가 알음알음 퍼져 가고 있는 마당이라 재빠르게 집까지 찾아온 것이다.

딩동. 딩동. 딩동.

"음, 벨을 눌러도 아무 반응이 없는 걸 보니 자거나 로열 로드를 하는 모양이로군."

"전화도 받지를 않으니 어디 밖에 외출을 갔을 수도 있지요."

"어쩌겠소, 여기서 기다리고 있는 수밖에……."

"급한 일이 있으신 분들은 돌아가셔도 될 것 같은데요."

"현 부장, 뻔히 속보이는 말은 우리 하지 맙시다."

방송국의 중책을 담당하고 있는 사람들이 대문 앞에서 하염없이 이현을 기다리고 있었다.

이현은 집 안에 있었다.

"오늘따라 된장찌개 맛이 아주 좋군."

밥까지 차려 먹으면서 느긋하게 다크 게이머 연합의 홈페이지에도 방문을 했다.

대문에 모여 있는 방송국 관계자들에 대해서는, 알고 있지만 일부러 기다리게 한다. 속을 좀 태워야 협상에 유리한 고지에 올라설 수 있다는 건 상식이었으니까.

기다림이야말로 바가지를 듬뿍 씌우기 위하여 필요한 것.

"룰루루… 돈이 또 들어오겠구나."

이현은 콧노래까지 부르며 설거지를 하고 된장찌개의 냄새가 빠져나가도록 창문을 조금씩 열어 놓았다.

그리고 잠시 후에 밖으로 나가서 문을 열어 주었다.

"이곳에는 갑자기 어쩐 일로 오셨습니까."

"허허, 그냥 인사차 들렀지요."

방송국 관계자들은 당연히 빈손으로는 오지 않았다.

각자 쇼핑백들을 두둑이 들고 있었는데, 이는 방송가에 퍼진 이현에 대한 은근한 소문 때문이었다.

'선물에 약해.'

'공짜를 상당히 좋아한다.'

관계자들이 들고 온 것은 한우 갈비에서 홍삼, 도자기, 양주, 전동 공구 세트까지 다양했다.

전동 공구 세트를 가져온 건 KMC미디어였는데, 예전에 이현이 슬며시 언질을 남긴 적이 있어서 특별히 챙겨 온 것이었다.

— 집이 주택이다 보니 손볼 곳이 자주 생기네요. 전동 공구 하나 있으면 참 편할 텐데. 이거 막상 사려니까 돈이 아깝고……. 꼭 필요한데. 1개만 있으면, 고장이라도 나면 곤란할 것 같기도 하고요.

강 부장은 최신 전동 공구 풀세트를 여행용 가방에 들고 왔다.

순수한 선물이 아니라 강탈 수준이었지만 이현은 그런 부분에 대해서는 깔끔한 면이 있었다.

'선물은 마음이니까.'

아쉬운 것은 방송국 쪽이니 주는 것을 거부할 까닭이 없었다.

"뭘 이런 걸 다… 가져오셨습니까. 꼭 필요하던 참이었는데. 갈비 세트, 이건 잘 먹겠습니다. 안으로 들어오세요."

이현은 방송국 관계자들을 집 안으로 초대했다.

백화점에서 구입해 왔을 화려한 선물들을 받았으니 무언가 대접은 해 줘야 했다.

"시원한 음료 드실래요, 따뜻한 음료로 드실래요?"

"저는 시원한 걸로……."

"따뜻한 음료로 부탁드립니다."

이현은 커피 믹스를 종류별로 꺼냈다.

아이스커피 믹스와, 일반 모카골드커피 믹스!

과거 CHN 방송에서 인사 오면서 선물로 주고 간 우전 녹차도 있긴 했지만, 그건 자신이 여동생과 마실 것이었다.

방송국 관계자들은 업무 추진비로 좋은 식당에서 비싼 요리들을 많이 사 먹을 테니까.

이현은 커피를 나눠 주고 나서 뻔히 알면서도 질문을 던졌다.

"그런데 집까지 찾아오신 이유가 무엇입니까?"

"그게… 최근에 성기사들을 데리고 로드릭 미궁으로 들어가셨다는 소문이 돌아서요."

"허허허, 꼭 그게 중요한 것은 아니고, 오랜만에 인사라도

드릴 겸······."

당연히 로드릭 미궁으로 들어갔다는 것이 중요하리라.

전쟁의 신 위드가 대륙 8대 미궁 중 한 곳에 도전한다는 자체만으로도 대단한 이슈가 될 수 있었다. 만의 하나 로드릭 미궁을 정복하기라도 한다면, 이건 대륙의 모험 역사를 또다시 쓰게 될 사건이었다.

"제가 로드릭 미궁에 있는 것은 사실입니다."

"허억!"

"그렇다면··· 어서 방송 출연 계약부터 하시죠."

"다른 방송국보다도 확실히 좋은 계약 조건을 제시하겠습니다."

이현에게 내밀어지는 방송 출연 계약서!

광고 수익의 일부는 물론이고, 별도의 출연료까지도 책정되어 있었다.

'이렇게 또 한밑천을 잡는군.'

한 방송사와 독점 계약을 하면 계약금과 출연료를 왕창 뜯어낼 수도 있다. 하지만 이현은 모든 방송사들과 원만하게, 비교적 높은 가격으로 계약을 하기로 했다.

여러 곳에서 듬뿍 뜯어먹는 편이 낫기 때문이다.

"만약에 로드릭 미궁을 파훼할 수 있다면··· 그 부분에 대한 인센티브도 준비되어 있습니다. 저희와 전속 계약을 하면서 고급 승용차 어떻습니까?"

돈이 썩어 난다는 CTS미디어에서 제안하는 차종은 당연히 외제 차였다.
이현은 고개를 저었다.
"자동차는 받지 않겠습니다."
남자라면 대부분 차에 대해 관심이 많은 편이다.
그렇지만 매년 세금에, 보험금을 납부해 주고 주기적으로 오일 교환이나 타이어까지 챙겨 줘야 한다. 이현은 쓸데없이 돈만 잡아먹는 자동차는 사절이었다.
"대신 현금으로 주신다면 긍정적으로 고려해 보지요."
"……."

집주인의 등장

위드가 로드릭 미궁의 길 찾기를 성공했다고 해서 일이 끝난 것은 아니었다.

"이번에는 여러 갈래로 갈라지는군."

손거울의 빛은 갈림길에서 때로는 두 곳이나 세 곳 이상을 가리키기도 했다. 공간이 왜곡되어 있다 보니 어느 쪽으로 가더라도 결국은 목적지에 도착할 수 있다는 뜻이리라.

물론 어느 쪽이 지름길인지는 알 수가 없다.

게다가 악마병들의 전력이 왕성하기 때문에 미궁의 깊은 곳으로 갈수록 위험도는 따라서 높아졌다.

"이대로라면 여전히 어렵겠어. 조각 변신술도 써야 할 것 같군."

드래곤의 검 레드 스타를 사용할 수 있는 혼돈의 대전사 쿠비취!

"갑시다!"

위드는 조각 변신술을 사용하고 나서 바하모르그와 성기사들, 사제들과 같이 손거울이 알려 주는 장소로 이동했다.

그곳에는 악마병이 무려 9마리나 기다리고 있었다.

미궁의 중심부로 들어가고 있다는 확실한 증거였다.

"크흐르르, 나약한 인간들이 왔군."

"신에 대한 믿음을 갖고 있는가? 신은 너희를 구해 주지 못할 것이다."

악마병들이 먼저 습격을 해 왔다.

"바하모르그, 돌격!"

"알겠다."

위드는 이번에는 어려운 퀘스트에 대비해 혼돈의 대전사 판금 갑옷 세트와 부츠도 가져온 상태였다. 방어구까지 착용하였으니 무서울 것이 없다.

"블링크!"

악마병들의 등 뒤에 나타나서 레드 스타를 강렬하게 휘둘렀다.

"케엣!"

"불이다, 불!"

광휘의 검술은 빛의 속성을 가지고 있기 때문에 신성력 다

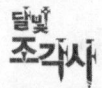

음으로 악마병들에게 큰 효과가 있었다. 그렇지만 레드 스타의 불길 역시 악마병들을 태워 버릴 수 있는 압도적인 공격력을 자랑했다.

"쿠에에엣!"

"지옥! 지옥에서 나를 태우던 불길이 자꾸 떠올라!"

레드 스타에 베인 악마병들은 불길에 휩싸여 계속 고통스러워했다.

불에 대한 저항력이 있겠지만 여간해서는 쉽게 꺼지지 않는 불꽃이다.

위드가 조각 변신술을 쓰고 레드 스타를 든 이상 전투력은 확실히 달라졌다고 할 수 있다.

"모두 힘을 내라!"

위드는 악마병들의 공격을 2마리에서 3마리까지 맡았다.

혼돈의 대전사로서 생명력이 많아지고 회복력도 좋아졌지만 바하모르그처럼 공격을 몸으로 맞고 반격을 하는 방식은 쓸 수가 없다. 악마병들의 공격을 레드 스타로 흘려 버리거나, 블링크로 순간 이동을 하며 유인하는 방식을 취했다.

인간으로서의 모습보다는 아무래도 전투형 종족의 유리함을 이용하며 싸웠다.

"저놈을 반드시 씹어 먹고 말겠다."

"인간이 가지고 있는 검이 아주 탐이 나는군. 드래곤의 향기가 나는 것 같다."

악마병들은 위드를 잘 쫓아왔다.

바하모르그와 데리안, 성기사들이 사냥을 하기가 조금은 수월해졌다.

위드가 최대의 전투력을 발휘하고 악마병들을 끌고 다닌 덕분에 성기사들은 23명만 사망하고 승리할 수 있었다.

악마병들의 전력에 비하면 기적과도 같이 잘 싸운 전투였지만 그렇더라도 역시 성기사들의 죽음은 어쩔 수가 없었다.

만신창이가 된 위드에게 바하모르그가 다가왔다.

"괜찮은가?"

"이 정도로는… 꿈쩍도 하지 않아."

"그대의 강인한 맷집에 감탄했다. 보통의 참을성이 아니로군."

"동료들을 지키면서 그들을 위하여 살다 보니 자연히 이렇게 된 것이지."

힘든 상황에서도 위드는 바하모르그에게 잘 보일 기회를 놓치지 않았다.

전투를 마치고 나니 생명력이 25,000밖에 남지 않았을 정도로 위험했다. 인간이었을 때에야 상당히 높은 수치였지만, 혼돈의 대전사 쿠비취가 되었을 때는 생명력이 15만을 넘어간다.

악마병들의 공격도 더욱 심하게 집중되기에 생명력이 2만을 넘기는 정도로는 불안했다.

악마병들과 싸우다가 순간 이동으로 피하다 보면 사제들의 치료 마법도 적용되지 않는 경우가 있었다.

 레드 스타의 힘 덕분에 생명력과 마나를 빨리 채울 수는 있어도, 악마병들의 거센 공격에 가슴이 철렁 내려앉을 때도 있었다.

 "어쨌든 위험하더라도 이렇게 계속 전진하는 수밖에는 없겠어."

 그 후로 세 번의 전투를 더 치렀다.

 위드는 직접적으로 미끼 역할까지 하면서 성기사들을 안전하게 했다. 성기사들을 공격하려는 악마병들의 뒤통수를 쳐서 그들을 적극적으로 유인하는 것이다.

 "전부 나에게 덤벼라!"

 위드는 사자후를 터트렸다.

 전투를 승리하더라도 위드 자신이 죽고 나면 말짱 도루묵. 하지만 성기사들을 조금이라도 더 살리기 위해서는 그런 위험부담도 감수하는 수밖에 없었다.

 "저놈이다!"

 "저 검을 들고 있는 놈부터 없애라."

 "생살을 씹어 먹어야 되겠군!"

 모든 악마병들이 위드의 뒤를 쫓아왔다.

 ─악마병 포효크의 채찍에 얻어맞았습니다.

> -악마병 크로비콥의 검이 어깨를 강타하였습니다.
> 부상이 심각하여 왼쪽 어깨를 사용할 수 없습니다.

악마병의 공격에 땅을 나뒹구는 정도는 흔한 일이었다.

아무리 짧은 거리를 순간 이동으로 움직일 수 있더라도, 무섭게 쫓아오는 악마병들이 5~6마리씩이나 되었다.

'조금 전에 뒤쪽으로 넘어가는 녀석이 있었으니 등을 노릴 거야. 막을 수는 없다. 그리고 정면의 녀석이 가장 강해.'

지금까지의 모든 전투 경험을 바탕으로 악마병들 틈에서 위태로운 곡예를 펼쳤다.

바하모르그가 몇몇 악마병들을 자신의 몫으로 데려가기 직전에는 생명력이 밑바닥까지도 떨어졌다.

숨 가쁘게 빠른 공수 전환과, 위험천만한 만큼 거칠고 박력이 넘치는 전투!

"크윽, 이번에도 이겨 냈군. 이번에는 정말 죽을 뻔했어."

전투를 치르면서 슬로어의 결혼반지로 서윤의 생명력을 가져온 덕분에 살아날 수 있었다. 이번에는 쿠비취의 조각품을 만들면서 일부러 손가락을 가늘게 해서 결혼반지를 착용했던 것이다.

전투가 끝난 후의 위드의 몸은 항상 심각한 부상을 입어서 사제들이 모여들어 집중적으로 치료를 해 주어야 할 정도였다.

그러나 혼신의 노력에도 불구하고 예측하지 못했던 가장 절망적인 사고가 발생하고야 말았다.

"딸꾹, 커허어! 오늘따라 술맛이 좋구나."

제이든이 앞으로 나가서 함정을 해체하였다.

확실히 미궁의 깊은 곳으로 들어가고 있다는 증거로, 함정의 난이도까지 올라가고 있었다.

"어, 이 빨간 줄을 건드려야 하나 노란 줄을 건드려야 되나? 딸꾹. 아마도 빨간 줄이겠지이?"

콰과과광!

천장에서 무너져 내려온 돌 더미에 깔려서 제이든 사망!

"안 돼! 너도 더 부려 먹어야 하는데……."

목적지로 갈 수 있는 다른 길도 있었지만 그건 중요하지가 않았다. 이제부터는 함정을 해체할 수가 없게 된 것이다.

"이대로라면 정말 완벽하게 갇힌 꼴이 되어 버렸어."

위드는 망연자실하게 그 자리에 한동안 서 있었다.

로드릭 미궁에 제대로 고립되고 말았다.

길은 알고 있지만 악마병들과 제대로 싸우기도 전에 함정들에까지 피해를 입게 생겼다.

바하모르그는 물론이고 성기사들과 사제들의 목숨의 무게가 어깨를 무겁게 눌러 왔다.

"아마 이 길의 끝에는 악마 몬투스와 싸우게 될지도 모르는데."

왠지 그런 불행이란 비껴 나가지 않을 것만 같은 예감이 들었다.

미궁에서 몬투스가 어느 곳에 있는지 알고 있다면 피해서 갈 수도 있으리라.

하지만 어느 한 장소에 있지 않고 돌아다닐 수도 있으며, 위드가 원하는 대마법사의 연구 기록이 있는 장소에서 기다리고 있을지도 모른다. 혹은 대마법사의 방으로 들어가기 위해서는 그곳을 거쳐 가야 할 가능성도 컸다.

"앞으로는 악마병들도 더 많이 나오게 될 텐데, 그리고 환영이나 마법 몬스터들, 거기에 이제는 함정까지… 이대로라면 승산이 없을 거야."

위드는 이제 드디어 실패를 인정했다.

로드릭 미궁으로 들어와서 성기사와 사제 들을 지휘하며 수십 번의 싸움을 비교적 적은 희생으로 치른 것만으로도 대단한 일이었다.

용병이나 일반 병사, 오합지졸을 통솔하여 잘 싸우기도 어렵지만, 레벨이 높은 성기사와 사제 들을 완벽히 장악하고 최대의 전투력을 발휘하며 악마병들을 계속 해치우는 것과는 비교할 게 아니다.

어렵더라도 끝까지 성공하기 위하여 미궁으로 들어와서 발버둥을 쳐 왔다.

지금은 그 희미하던 가능성까지 사라져서 절망적이라고

할 수 있었다.

위드가 어떤 대책이든 빨리 마련을 해야 되는 상황이었다.

"대재앙은 사용하기가 곤란해. 악마병들이 나올 때마다 재앙을 일으킬 수도 없고, 또 약한 사제들이 크게 피해를 입을 수도 있으니까 말이야."

정령 창조 조각술도 마땅치 않았다.

정령술은 다양한 분야에서 효력을 발휘할 수 있지만 새롭게 만들어 내는 정령들의 첫 능력은 약하다.

흙꾼이나 화돌이, 씽씽이로 전투를 치르기에도, 전문적인 정령술사도 아닌데 악마병들의 레벨이 너무 높다.

"조금 더 나은 방법이 더 있을 거야. 내가 빠뜨리고 생각지도 못했던 무언가……."

조각품에 생명 부여!

가장 현실적으로 강력한 아군을 늘려서 도움이 될 수 있는 스킬이었다. 미궁의 불안정한 마나로 인하여 다른 조각 생명체들을 소환하거나 유린이가 그림 이동술로 데려오지도 못할 것이기 때문이다.

"최소 5마리 정도는 생명을 부여해야 도움이 되겠지. 제대로 쓰려면 10마리 이상으로……. 그리고 아마 악마병들과 몬투스와 싸우면서 많이 죽어 버릴 테지."

스킬을 사용하면 레벨이 대폭 줄어들어 버리는 것은 물론이고, 갑자기 생명을 부여하려고 해도 만들어져 있는 명작 이상의 조각품도 없다. 현재까지 만들었던 조각품들 중에서 잘 나온 것들은 있었지만, 위험천만한 로드릭 미궁으로는 가져오지 않았던 것이다.

생명을 부여하더라도 부하 몇 명이 늘어나는 정도라서, 미궁에 처음 들어왔을 때의 전력보다 강해진다고 보기는 쉽지 않다.

악마병들과의 전투에서 금방 죽을 가능성도 높다.

"바깥이었다면 명성을 이용해서 죽어도 상관없는 자유 기사들이라도 더 데려왔을 텐데… 지금은 이미 후회해 봐도 늦었고. 기존의 조각술로는 방법을 찾을 수가 없겠군. 그렇다면……."

위드는 조각 변신술을 해제하고 배낭에서 프레야 교단에서 받은 목조품을 꺼냈다.

"지금처럼 가장 절실할 때에 도움이 될 만한 스킬이 있다면 그건 아마도……."

이렇게 궁지에 몰리게 된 이상 자신만의 조각술의 비기를 창조해 내기로 했다.

어지간한 스킬로는 현재의 답답한 상황을 바꾸지 못할 것이다. 완벽히 상황을 반전시킬 수 있는 그런 스킬, 그리고 앞으로도 두고두고 써먹을 수 있는 기술을 만들어 내야만 했다.

사각사각사각.

위드는 자하브의 조각칼로 목조품을 깎았다.

세밀하고, 정성이 듬뿍 담겨 있는 손길!

조각품의 비기를 창조해 내는 중요한 순간이었으므로 완벽하게 집중하고 있었다.

'부동산에서 집을 사고 돈을 입금할 때만큼이나 긴장이 되는군.'

앞으로 쭉 함께하게 될 동반자 같은 스킬!

광휘의 검술처럼 적과 싸울 때에도 필요하고, 조각품에 생명 부여처럼 애정 어린 동료도 있으면 좋다. 대재앙처럼 한꺼번에 뒤집어 놓을 수가 있거나, 조각 변신술처럼 예측하지 못한 변화를 추구하는 것도 쓸모가 있다. 정령창조 조각술도 꾸준히 익히고 사용한다면 활용도가 지금보다 훨씬 높아질 것이란 것은 확실했다.

지금까지 익히고 있는 모든 조각술의 비기, 그리고 현재의 상황을 완전히 바꾸어 줄 수 있는 스킬이란!

'너무 좋은 스킬을 만들어 내면 페널티가 심할 텐데. 아무튼 여기서는 얼굴에 주름을 조금 더 표현해 주는 것이 맞겠지.'

위드가 조각을 하고 있는 것은 나이가 많은 할아버지였다.

지혜를 간직한 깊은 눈매와 이마의 큰 주름들. 입고 있는 옷은 마법사의 로브였으며 머리에는 챙이 넓고 길쭉한 모자도 착용하고 있었다.

'손에는 마법 스태프를… 망토는 없는 것이 낫겠지.'

지금 조각을 하고 있는 것은 대마법사 로드릭이었다.

이곳 미궁에 대한 영상에서 본, 악마 몬투스와 싸우던 그 로드릭을 그대로 조각을 하는 것이다.

조각사의 장점으로는 직접 눈으로 보았거나 상상했던 대상을 고스란히 재현할 수 있다는 점!

위드는 그 자리에서 7시간에 걸쳐 조각품을 완성했다.

-프레야 여신의 신성력으로 새로운 조각술을 창조해 낼 수 있습니다.
 조각술의 이름을 정해 주십시오.

"조각 부활술."

-조각 부활술이 맞습니까?

"맞다."

-조각술을 정의하여 주십시오.

위드는 목소리를 묵직하게 깔았다.

"이 땅에는 밤하늘의 별만큼이나 많은 영웅들이 살다가 갔다. 게이하르 폰 아르펜 황제, 콜드림, 대마법사 로드릭

그리고 로자임 왕국의 현왕 시오데른."

현왕 시오데른은 다른 이들에 비해서는 조금 격이 떨어졌지만, 피라미드를 건설하게 해 주었기 때문에 특별히 끼워 넣어 주었다. 영화와 드라마에서 흔히 그렇듯이, 협찬의 힘이었다.

"이미 죽은 역사적인 인물들을 다시 불러올 수 있는 스킬이 될 것이다."

―조각술의 특성상 스킬 사용에 따른 페널티가 심하게 부여될 것입니다. 그래도 진행하시겠습니까?

"이미 결정했다."

페널티가 심해서 스킬을 자주 쓰지 못하더라도 어쩔 수 없었다.

―조각술이 완성되었습니다.
프레야 여신은 인과율이 어긋나는 것을 원하지 않습니다.
조각술을 사용할 때마다 일정한 대가를 치르게 될 것입니다.

목조품 : 내구력 1/1.
위드가 자신의 기술을 수록한 목조품이다.
죽은 지 오래되어 역사에만 남아 있는 인물들을 불러오는 기술을 익힐 수 있다. 단, 고급 조각술을 먼저 터득하여야 한다.

조각 부활술 1(0%) : 조각품을 만들어서 현재는 살아 있지 않은 위대한 인물들을 불러올 수 있다.
고급 조각술 필요.
단, 사용할 때마다 예술 스탯 45 하락, 신앙 10 감소, 레벨 3이 떨어지게 됨.
대상이 살아 있을 때의 모습을 정확히 조각해야 하며, 조각 부활술로 불러온 이가 활동할 수 있는 시간은 스킬 레벨에 따라 달라짐.
현재 21시간.
지금의 스킬 레벨로는 한번에 1명만 불러올 수 있다.
인간과 유사 인종들만 부름에 응답할 것이다. 몬스터들은 불가능.
살아 있을 때의 기억과 능력을 가지고 활약할 수 있지만 부하를 대하듯이 명령을 내리지는 못하고 자기 자신의 의지에 따라 행동함. 때때로 자신의 의지에 따라서, 어떤 도움도 주지 않고 피해만 줄 수도 있다.
프레야 여신이 허락하지 않아 같은 인물을 두 번 불러오는 것은 불가능함.
스킬 시전 후 재사용을 위해서는 한 달의 시간을 필요로 한다.

-조각술 스킬의 숙련도가 향상되었습니다.

-조각술의 비기를 창안하여 명성이 2,430 올랐습니다.

위드에게는 귀중하기 짝이 없는 스킬의 탄생!
"레벨이 3개나 깎이다니 조금 아쉽군."
대단한 영웅을 불러올 수 있다고 해도 활동 시간은 고작해야 하루도 되지 않는 수준.
"무진장 비싼 임대료를 내야 되는군!"

월세도 아닌 하루치 비용이 예술과 신앙 스탯, 레벨의 하락이었다.

"어쨌든 사용해 봐야지. 조각 부활술!"

위드는 곧바로 스킬을 시전했다.

처음으로 되살아나게 할 인물은 정해져 있었다.

대마법사 로드릭!

이 미궁은 그의 집이고 연구실이었다.

-조각 부활술 스킬을 사용하셨습니다.
마도의 정점에 올라 있던 대마법사 로드릭, 예술의 부름을 받아 이 땅에서 다시 움직이게 될 것입니다.
예술 스탯 45가 영구적으로 사라집니다.
신앙 스탯 10이 영구적으로 줄어듭니다.
레벨이 3 하락합니다.
생명력과 마나 18,000씩이 소모됩니다.
조각 부활술에 의하여 되살아나는 인물은 생전의 지식과 능력을 가지고 있습니다.
정해진 짧은 시간이나마 세상을 다시 볼 수 있고 움직일 수 있게 해 주는 것에 대해 고마워할 수도 있고, 그렇지 않을 수도 있습니다.

-조각 부활술 스킬의 숙련도가 향상되었습니다.

언데드 소환과는 완전히 달랐다.

실제 존재했던 인물을 온전히 다시 돌아오게 하는 것.

위드가 있는 장소에 새하얀 빛이 가득 찼다. 그리고 서서히 빛이 사라지고 난 이후에는 한 사람이 나타나 있었다.

대마법사 로드릭!

위드가 이곳 미궁을 들어오기 전에 영상으로 봤고, 조각을 했던 로드릭이 나타난 것이다.

로드릭은 주변을 둘러보며 중얼거렸다.

"나는… 분명히 악마 몬투스와 싸우다가 죽었다. 그리고 이곳은 나의 집이로군."

대마법사답게 상황 판단이 빨랐다.

위드는 그에게 다가갔다.

"위대하신 대마법사 로드릭 님께 인사 올리겠습니다. 평소에 흠모하던 차에 이렇게 뵙게 되어서 영광입니다."

"넌 누구인가?"

"저는 위드라고 합니다. 직업은 조각사입니다."

"들어 본 적 없다."

"당연히 그러실 겁니다."

로드릭이 살아 있었을 당시에는 당연히 위드가 유명하거나 역사서에 나올 일도 없었다.

지금은 거장 조각사로 인정을 받고 있으며 아르펜 왕국의 국왕이기도 했지만, 로드릭에게는 대우를 제대로 받지 못했다.

명성이 위력을 발휘하려면 그것을 접해 봐야 한다. 로드릭이 마을로 내려가거나, 소식과 유행이 잘 퍼지는 도시에 간다면 위드에 대하여 금방 알게 될 것이다. 하지만 이곳에서는 별로 가망 없는 이야기였다.

물론 밖으로 나갈 수 있다고 해도 악덕 고용주인 위드가 찬성할 리도 없다.

"저는 모험을 하던 도중에 대마법사 로드릭 님께서 악마 몬투스를 이곳에 가두어 두었다는 사실에 대해 진한 감동을 받았습니다."

"내 실수로 대륙의 평화가 깨지지 않게 하기 위해서였지. 몬투스가 밖으로 나갔다면 큰일이 났을 것이다."

"그렇습니다. 로드릭 님 덕분으로 대륙은 평온할 수 있었습니다."

위드는 맞장구를 쳐 주었다.

사회라는 게 다 적당히 아부도 하면서 서로 맞춰 가며 가는 것.

"나에게 바라는 것이 있느냐?"

"없습니다. 다만 이곳에 갇혀 있는 악마 몬투스가 언젠가는 밖으로 나가게 되지 않을까 걱정이 됩니다."

"몬투스는 내가 없앨 것이다."

"여부가 있겠습니까? 그렇다면 옆에서 그저 로드릭 님을 도와 드려도 될까요?"

"내가 저지른 일이니 나 혼자서도 충분하다."

로드릭은 마법 스태프로 땅을 딱 하고 내려쳤다.

큰 소리가 나거나 무시무시한 일이 벌어진 것도 아니었는데, 위드의 눈길이 스태프로 향했다.

'대마법사가 쓸 정도의 스태프라면 저게 대체 가격이… 꿀꺽!'

큼지막한 다이아몬드가 박혀서 황홀한 빛을 뿌리고 있었다.

로드릭은 대마법사답게 자기 자신의 능력에 대한 자신감이 넘쳐흘렀다.

세계를 구성하는 법칙들을 이해하고 위대한 마나의 힘으로 뒤바꾸어 놓는 마법사다운 태도다.

'판사, 검사, 변호사, 의사 그리고 마법사지.'

어쨌든 전문직이라는 사 자 돌림!

"평소 존경하던 대마법사 로드릭 님과 함께 악마들과 싸울 수 있다면 저에게는 거대한 영광이 될 것입니다."

"위험한 일이다."

"제 힘이 미약해도 이곳의 악마들과 싸우고 있었습니다. 저에게 목숨은 가장 큰 재산이기에 제일 가치 있는 일에 쓰기 위하여 이곳에 왔던 것입니다. 그러니 로드릭 님의 옆에서 존경스러운 모습들을 하나하나 배울 수 있게 해 주십시오."

"여기서 기다려라."

"후세의 사람들이 로드릭 님을 기억할 수 있도록, 조각사인 제가 그 모습들을 잘 관찰하고 작품으로 만들고 싶습니다."

"정 그렇다면 따라와라. 하지만 나를 번거롭게 해서는 안 될 것이다."

"물론입니다."

 처절하게 매달린 끝에 결국 위드는 로드릭과 함께 가는 것을 허락받았다.

 '이제 로드릭의 뒤를 따라다니면서 실컷 이득을 보는 것만 남았군. 레벨을 3개나 깎아 가면서 불러들였으니 제대로 활용을 해 주어야지.'

※

 로드릭은 설치된 함정을 파훼할 수 있는 것은 물론이고, 현재 그들이 있는 위치까지도 알고 있었다. 이곳은 다른 곳도 아니고 바로 그의 집이었기 때문이다.

 "여기는 내 연구실에서 꽤나 먼 곳이로군. 공간 왜곡과 환영 마법은 악마병들이 빠져나갈지도 모르기에 풀 수 없으니 이동하면서 전투를 해야겠다."

 "예. 준비되어 있습니다."

 위드는 조각 변신술로 다시 모습을 쿠비취로 바꾸었다.

 바하모르그와 성기사, 사제 들을 지휘하면서 로드릭의 뒤를 따르기로 했다.

 악마병 9마리가 기세등등하게 기다리고 있었다.

 "캬핫, 인간 주제에 이곳까지 오다니……."

 "먹이가 왔구나. 어! 그런데 늙은 너는 어디서 봤던 것 같은데."

"내 집을 더럽히고 있는 놈들, 썩 사라지거라. 육체 파열!"

로드릭의 마법에 의하여 악마병들이 한곳으로 끌려가더니 공기가 압축되어서 찢어지는 폭발로 커다란 피해를 입었다. 곧바로 죽진 않았지만, 레벨이 높아서 쉽게 쓰러지지 않던 악마병들이 단 한 방에 모조리 중경상을 입은 것이다.

그러나 단지 한 번의 마법 사용 정도가 대마법사를 두려워하는 이유는 아니었다.

"화염 기둥."

고통스러워하는 악마병들이 몰려 있는 곳에 새빨간 불기둥이 마구 치솟았다.

지역 전체에 영향을 미치는 범위 마법!

마법이 발현되면 그곳을 벗어나지 않는 한 끝날 때까지 계속 피해를 입게 된다.

대마법사는 지연 시간이 거의 없이 연속으로 마법을 사용할 수 있었으며, 유지 시간도 아주 길었다.

화염 기둥은 중급 마법 정도로, 단지 인사에 불과했다.

"지옥 불. 암석 강타. 영혼의 충격!"

로드릭은 악마병들을 몰아 놓고 무자비한 공격을 가하고 있었다.

기회를 포착한 위드의 눈이 빛났다.

"제가 도와 드려도 되겠습니까?"

"마법 주문을 외우는 데 방해가 된다. 지켜보기나 해라."

"로드릭 님께서 이 악마병들을 전부 다 해치우실 필요는 없습니다. 중요한 것은 몬투스에게 가는 것이 아니겠습니까? 작은 힘이라도 도울 수 있게 해 주십시오."

"정 그렇다면 하고 싶은 대로 해라."

"성기사들은 습격을 대비하여 수비 진형으로. 사제들은 신성 마법으로 악마들을 직접 공격해라."

위드의 지휘에 성기사들은 로드릭을 보호하기 위해 방패를 들고 도열했다. 완벽하게 수리된 갑옷과 방패 들이 약간의 오차도 없이 번쩍번쩍 빛을 냈다.

사제들은 악마들을 향하여 신성 마법들을 사용하며 집중 공격했다.

"캬하악!"

"저 인간을 죽여야 한다."

악마병 2마리가 뛰쳐나왔지만 벌써 대비가 되어 있었다.

"너는 내 몫이다."

"루의 뜻으로 사멸시키겠다."

바하모르그와 데리안이 악마병들을 맞상대했다.

지금까지 8~9마리와 힘겹게 싸워 왔으니 2마리 정도라면 간단하기 짝이 없었다.

"크와아아악!"

그리고 로드릭의 집중 공격으로 전신에 불이 붙은 악마병이 괴로워하면서 죽어 가는 그 순간.

"블링크!"

위드는 악마병의 옆에 나타나서 레드 스타를 휘둘렀다.

-악마병 타비아스가 소멸되었습니다.
전투에 참여한 이들의 명성이 191 증가합니다.

-경험치를 조금 습득하셨습니다.

레드 스타를 오른손으로만 사용하면서 왼손은 빠르게 움직였다.

슥삭!

-악마병 타비아스의 공포 채찍을 습득하셨습니다.

-악마병의 허리띠를 습득하셨습니다.

-연금술의 흑색 시약을 습득하셨습니다.

다음으로는 바로 옆의 악마병이 약해 보였다.

-악마병 로츄스가 소멸되었습니다.
전투에 참여한 이들의 명성이 171 증가합니다.

-경험치를 조금 습득하셨습니다.

-악마병을 연속으로 사냥하여 민첩이 1 높아집니다.

스스슥!

- 악마병 로츄스의 깨진 견갑을 습득하셨습니다.

- 증오의 파편을 획득하셨습니다.

"대륙의 정의를 위하여 널 처단하겠다."

위드는 생명력이 얼마 없는 악마병들만 골라서 마지막 일격을 가했다.

보통은 전투를 실컷 하고 경험치는 부하들에게 양보하는 편이었다. 그런데 여기에서 성기사들과 사제들은 자신의 부하가 아니었고, 하루 뒤면 다시 사라지게 될 로드릭은 말할 필요도 없다.

본전을 찾기 위한 악착같은 전투!

"시간이 없다. 빨리 가야 한다."

"예, 대마법사 로드릭 님."

로드릭은 제한된 시간 동안만 세상에 존재할 수 있기에 경험치에는 관심이 없었다.

"바하모르그, 더 빨리 전투를 하라. 다른 이들을 위하여 망설이지 않아도 된다."

"그렇게 하지."

"성기사와 사제 들도 지금부터는 속도를 낸다."

"예! 알겠습니다."

위드는 성기사와 사제 들을 확실히 통솔하고 있었다.

미궁에서 그가 지금까지 보여 주었던 헌신과 노고가 보답을 받고 있는 것이리라.

'로드릭이 존재할 수 있는 건 대략 20여 시간. 그 안에 이 미궁에서 목표를 달성한다.'

데몬 슬레이어

위드는 조각 부활술을 쓰느라 잃어버렸던 경험치를 전투를 하면서 제법 많이 복구할 수 있었다. 악마병들의 레벨이 높기에 마지막 공격을 하는 것만으로도 경험치가 쑥쑥 들어왔다.

그렇다고 해서 줄어든 레벨 3개를 올릴 수 있을 정도는 아니었지만, 확실히 빠르게 경험치를 채워 가고 있었다.

띠링!

-일곱 번의 연속 공격으로 악마병 데이페를 소멸시켰습니다.

-검술 스킬의 숙련도가 향상되었습니다.

호칭, 악마병 사냥꾼을 얻으셨습니다.
악마병들과 전투를 벌일 때 투지의 효과를 높입니다.
부하들이 위축된다면 호칭의 효과가 이를 극복하는 데 도움을 줄 것입니다.
대륙의 교단들로부터 존경 어린 대우를 받게 됩니다.
던전에서 약한 몬스터들을 사냥할 때, 드문 확률로 일격 필살이 발생합니다.
악마병으로부터 아이템을 획득할 확률을 높입니다.
저주 마법과 흑마법에 대한 저항력이 2% 강해집니다.
악마와 관련된 아이템을 소유하고 있다면 더 높은 위력을 끌어낼 수 있습니다.
제한 : 악마병을 200마리 이상 사냥한 자에게만 부여되는 호칭.

전투로 얻는 호칭!

위드가 조각품을 만들어서 스탯을 축적하는 것처럼, 전사들은 자신의 한계를 뛰어넘는 전투를 경험하며 강인해진다. 명성과 스탯을 얻기도 하고 저항력이나 특별한 스킬도 깨닫게 된다.

조각품이나 생산 계열 스킬에 추호도 관심을 두지 않는 검치나 수련생들이 강한 이유이기도 했다.

단지, 전투를 통하여 자신의 한계를 넘는다는 것이 쉬운 일은 아니라서 목숨을 잃어버리는 경우가 더욱 많다. 안전한 사냥을 위주로 한다면 그만큼 능력을 개발하지도 못하게 되는 셈이었다.

'데몬 소드를 쓸 때 조금 도움이 되겠군.'

지금은 레드 스타를 착용하고 있지만, 일상적인 사냥에서는 악마를 베었다는 검 데몬 소드가 아주 유용했다.

"이제 열두 번 정도만 더 싸우면… 몬투스가 기다리고 있을 거네."

"그렇습니까."

위드는 로드릭에게 정중하게 대했다.

그의 마법은 그야말로 엄청났고, 끊임없는 놀라움의 연속이었다.

마법사들의 마나 소모는 매우 심각하다. 위력을 발휘하는 짧은 시간 외에는 내내 명상을 하며 휴식을 취해야 한다는 게 일반적으로 알려진 상식이다.

그런데 로드릭에게는 그러한 휴식 시간이 필요가 없었다.

"발열, 눈멀기, 라이트닝 서클!"

기본 3개의 마법을 연속으로 마구잡이로 쓰면서 전투를 거듭하여도 마나가 고갈되지 않았다.

짧은 시간이었지만 로드릭과도 조금은 친해질 수가 있어서, 위드는 과감히 질문을 던져 보았다.

"마나가 고갈되지 않는 비결이 뭡니까?"

"그야 너무나도 간단한 것이 아닌가?"

"네?"

"세상이 무엇으로 이루어져 있나. 마나로 이루어져 있지 않은가."

 로열 로드의 세계에서는 모든 것을 구성하는 만물에 마나가 있다고 한다.

 "그야 그렇죠."

 "내 몸의 마나를 쓰는 것이 아니라 세상의 마나를 끌어와서 쓰면 되니 무한한 마나를 발휘할 수 있는 것이지."

 "아, 그러면 몸에 마나가 아예 없어도 마법을 쓸 수 있겠군요."

 "그런 상황이 자주 벌어지는 것은 아니지만 세상의 마나를 끌어온다면 그렇지. 그런데 나도 부담이 될 정도로 고위 마법을 쓰려면 내가 가진 마나도 많이 소모가 되지."

 위드는 이번에는 마법사가 미치도록 부러웠다.

 '조각술 마스터가 아니라 마법을 마스터했더라면 얼마나 좋았을까.'

 조각사로서 궁극의 경지에 다다르고 있으면서도 다른 직업들이 가끔씩 부러워지는 것은 어쩔 수가 없었다.

 로드릭은 자신의 몸에 있는 방대한 마나를 쓰기도 하고, 주변의 마나를 끌어와서 쓰기도 했다. 휴식 시간도 필요하지 않았고, 완벽한 전투 마법사이며 기계라고 불러도 될 정도였다.

 위드는 로드릭이 마법을 써서 악마병들을 초토화시킨 곳에만 나타나 목숨을 끊고 아이템들을 취했다.

 "아무래도 힘이 부족한 것 같군. 거인의 힘을 외워 주지."

"고맙습니다."

로드릭은 위드와 바하모르그, 성기사들에게 거인의 힘 주문을 시전해 주었다.

> -대마법사 로드릭이 '거인의 힘'을 부여했습니다.
> 잠재되어 있는 힘이 깨어나 최대 300%까지 늘어나게 됩니다.
> 유지 시간이 2시간 59분 남았습니다.

거의 마스터의 경지에 다다른 보조 마법이었다. 받는 쪽의 레벨이 낮을수록 갑자기 올라가는 힘의 비율은 더욱 높아진다.

사제들이 써 주는 신성 마법의 축복과는 중복되어 적용되었기에 아주 유용했다.

힘이 강해졌다고는 해도 악마병들의 공격은 성기사들을 지속적으로 괴롭혔다.

"그것 하나 못 피하나?"

"저희가 약해서……."

"신속의 주문을 외워 주지."

"번거로우실 텐데 그러지 않으셔도 됩니다."

"시끄럽다."

> -대마법사 로드릭이 '신속의 주문'을 부여했습니다.
> 이동속도가 빨라집니다.
> 스킬의 지연 시간이 감소합니다.
> 유지 시간이 2시간 59분 남았습니다.

로드릭은 오만하고 고집스러운 노인이었다. 전투도 자신이 주도하려고 하고, 다른 이들은 그의 움직임에 맞춰서 따라가야만 했다.

하지만 함께 싸우는 위드와 바하모르그, 성기사들에게도 점점 믿음을 주었다.

로드릭이 세상에 존재할 수 있는 시간은 이제 9시간 40분이 남았다.

'목적지까지 가는 건 무난하겠군.'

모든 함정들을 해체하면서 최단거리로 이동을 했다.

그러나 악마병들이 12마리 이상이 출현하였을 때는 위드도 심각하게 긴장을 하지 않을 수가 없었다. 지금까지 보이지 않던 인간에 가깝게 생긴 악마병도 있었다.

악마병 중급 지휘관 블커!

"파이어 골렘 소환!"

로드릭은 자신의 가디언인 파이어 골렘을 불러냈다.

악마병들에게 아무리 얻어맞더라도 끄떡도 하지 않는 거대한 파이어 골렘!

고위 마법사는 자신만의 골렘이나 소환물을 갖고 있었다.

파이어 골렘이 바하모르그와 같이 악마병들을 버텨 주고, 로드릭의 무자비한 마법이 적들을 타격하였다.

"크르릇, 흩어져서 인간들을 공격하라."

조금의 틈만 주면 영악한 악마병들이 산개해서 공격을 하

기도 했다.

그 이후로도 많은 악마병들을 만나서 성기사들도 추가로 200여 명이 안식을 맞이하고 사제도 32명이 죽었다.

그렇지만 그들이 미궁에서 잡은 악마병들을 전부 합치면 엄청난 숫자라서 의미 없는 희생은 아니었다.

로드릭을 불러온 이후로는 환영이나 연구용 마법 몬스터들은 덤비지도 않았다.

위드는 식사와 휴식을 하는 동안에 로드릭에게 다가갔다.

"이제 곧 몬투스가 있는 곳으로 가게 되겠군요."

"그럴 테지. 놈은 내가 지옥으로 돌려보내거나 처단할 것이다."

"물론입니다. 그런데 궁금한 것이 있습니다."

"또 무엇이냐."

"조각사들과 찬란한 아름다움에 대하여 연구를 하셨다고 들었습니다."

"매우 보람이 있는 일이었지. 그리고 내가 아니었다면 진전도 없었을 것이야."

"어떤 연구를 하셨는지 들을 수 있을까요?"

위드는 심장이 쿵쾅거릴 정도로 긴장이 되었다.

"연구를 위해서 아마도… 수십 가지의 시도가 있었지. 무수히 많은 실패를 겪었고, 불가능에도 거침없이 도전하였다. 정말 찬란한 아름다움을 표현하기 위해서는 세상의 법칙과

한계를 넘어야 했기 때문이야."

"그게 구체적으로 무엇이었나요?"

위드는 로드릭이 내뱉는 말을 기다리며 숨을 죽였다.

"귀찮군. 말해도 믿지 않을 테니… 내 연구실에 가게 되면 보도록 하게."

"예……."

"저쪽으로 가게."

귀찮게 해서 친밀도 하락!

그다음에 벌어진 악마병들과의 전투에서도 로드릭은 대대적으로 활약을 했다.

지금은 실전되어 전해지지 않는 궁극 마법을 남발!

"죄인의 굴레."

악마병들의 발에 두꺼운 쇠뭉치들이 채워졌다. 이동력과 민첩성을 떨어뜨리는 마법 주문이었다.

"플레임 캐논, 악령의 손!"

미궁 전체가 뒤흔들릴 정도로 강력한 불의 공격에, 땅이 갈라지더니 그 틈으로 시커먼 손이 나와서 악마병의 다리를 붙잡았다.

"캬아앗! 안 돼, 끌려가고 싶지 않아!"

벌어져 있던 땅이 닫히고 살펴보니 악령의 손이 악마병을 5마리나 데려갔다.

끌려간 악마병은 그것으로 끝.

위드는 정말 빠르고 정확한 판단을 해야만 전투의 공적을 세울 수가 있었다. 악마병들이 무턱대고 성기사들과 사제들이 있는 쪽으로 덤비는 것도 막아야 된다.

로드릭도 어느 정도는 신경을 써 주었지만, 주로 악마병들을 해치우는 데에만 관심을 가질 뿐이었다.

"마법이 예전 같지 않군. 시약이나 보조 아이템이 있으면 더 강한 위력을 발휘할 수 있을 텐데."

로드릭이 무시무시한 마법을 시전하며 내뱉는 말은 황당하게 들리기까지 했다.

'지금보다 더 강해진다면… 과거 바르칸의 예를 봤을 때도 그렇지만 역시 마법사가 최강인가?'

위드는 미궁을 전진하면서 갈수록 복도나 주변의 장식들이 더욱 화려해지는 것을 느낄 수가 있었다.

먼지가 두껍게 쌓여 있었지만 기사의 장식물이나 그림들, 복도에 세워져 있는 조각품들이 있었다. 물론 대부분 손상이 심각하여 완전한 복원을 하지 않는 이상 감상을 통해 스탯이나 조각술 숙련도를 올리지는 못했다.

'아깝군. 충분한 시간만 있었어도…….'

위드에게는 노가다의 길이 보였다.

로드릭 미궁의 모든 예술품 복원! 그리고 완벽하게 청소만 해낸다면 훌륭한 궁전이 되지 않겠는가.

상념의 끝에서 헤어 나오기도 전에, 일행은 몬투스가 있을 것으로 짐작되는 커다란 문을 앞에 두고 섰다.
 미궁에 들어서서 여기까지 오는 그 긴 여정 동안, 문이 있는 곳은 처음이었다.
 전투 지휘를 위해서는 장소를 미리 조금이나마 알아 두는 것이 좋았기에 위드는 로드릭에게 물었다.
 "저곳은 어디입니까?"
 "왕이 머무르던 넓은 대전이지. 그리고 내가 마법 연구 장소로 사용을 했었고. 몬투스는 아마도 저곳에 있을 것이야."
 꿀꺽.
 위드는 마른침을 삼켰다.
 베르사 대륙에서 로드릭 미궁의 이곳까지 온 사람도 없었지만, 하급이더라도 악마와 싸운다는 것도 상상하기가 어렵다.
 '꿈에 나오면 이건 확실히 악몽인 건데…….'
 그럼에도 차오르는 흥분과 기분 좋은 긴장감.
 죽으면 잃어버리는 것이 많지만 하급 악마와 싸워 본다는 것도 짜릿한 일임에 틀림이 없다.
 마지막 전투가 될지도 몰라서 이번에는 제법 긴 휴식 시간을 가졌다. 바하모르그, 성기사, 사제 들의 장비들을 새것처럼 말끔하게 고쳐 놓았다.
 "살아서 또 만나자."
 "반드시 우리가 이길 수 있습니다."

혹시 모를 인사도 나누면서, 푸짐하게 식사도 했다.

마판을 통해 챙겨 왔던 전투 물자는 절반 이상이나 남아 있었다.

처음부터 넉넉하게 준비를 하기도 했고, 악마병들이 워낙 위험해서 사냥을 하며 오래 머무를 수조차 없었던 것이다.

'어차피 죽으면 이것들은 밖으로 가져가지도 못할 텐데.'

고급 요리 스킬을 뽐내며 최고급 음식을 조리했다.

로드릭에게는 대륙 중부 지방의 왕들이 먹는 만찬까지도 차려 주었다.

"오랜만에 먹는 맛이로군."

로드릭은 마나를 완전히 회복했고, 다른 이들도 완벽한 몸 상태였다.

"가지."

성기사 8명이 달라붙어서 대전으로 향하는 문을 열었다.

"이제 시작이구나."

위드는 쿠비취로 몸을 바꾸고 레드 스타를 들었다.

문이 완전히 열리고 나니, 그곳에는 그들을 기다리고 있는 악마 몬투스가 보였다.

명동의 사채시장은 대한민국의 경제 발전에 필요한 역할

을 해 왔다. 회사채 발행, 기업 대출, 어음할인 등이 이루어지며 자금 지원을 해 주었던 것이다.

물론 그 과정에서 긍정적인 면만 있는 것은 아니었다.

높은 이율의 폭리는 기본이었고, 정치자금이나 범죄 수익도 사채시장에서 움직이며 몸집을 불려 나갔다.

악질 사채업자들도 깊숙이 자리를 잡았다.

"SA 건설에 투입한 자금 회수 날짜가 다가오지 않았어?"

"일주일 후입니다. 사장이 연장을 부탁했는데요, 형님."

"전액 회수해."

"그러면 상환이 불가능할 겁니다, 형님."

"박 사장이 수도권에 회사 명의로 땅을 사 놓았는데 그쪽에 개발 소식이 돌고 있어."

"무슨 뜻인지 알겠습니다. 확실히 처리하겠습니다."

사채업자들은 기업을 일부러 쓰러뜨려서 탐나는 자산을 먹어 치우는 일도 일삼았다.

사채업자들에게 급한 자금을 빌렸다가 빌딩이나 공장이 통째로 날아가는 정도는 흔히 벌어지는 사건에 불과했다.

명동의 신진 금융이 커 나간 것은 최근 3~4년 사이의 일이었다. 과거에는 일반인들을 대상으로 하여 고금리의 사채업을 했지만, 이제 보유 자금을 늘려서 기업들까지 상대를 했다.

물론 일반인 대출은 여전히 알짜배기 사업이었다.

신진 금융이 급속하게 커 나간 것도 일반인들을 대상으로 한 사업이 밑바탕이 되었던 것이다. 명품을 비롯한 과소비 문화가 발달할수록 사업 전망이 환한 곳이 사채업이었다.

한진섭은 장부를 꼼꼼히 확인했다.

"이번 달에도 수입이 괜찮군. 떼인 건?"

"동대문 쪽 시장 상인에 불량이 좀 생겼습니다. 원금은 4,000 정도인데 지금 이자 포함해서 9,000으로 늘었습니다. 가게 정리해도 2,000쯤 회수가 안 될 것 같습니다."

"가족은?"

"아들 둘에 딸 하나입니다. 아들 하나는 아직 중학생입니다."

"2명이면 금방 갚겠군."

악질 사채업자들의 방식도 과거와는 많이 바뀌었다.

대출 액수가 많은 경우에는 장기를 떼어서 팔거나 여자들은 술집에 넘겼다. 채무자들을 쥐어짜는 데에는 효과가 있었지만, 범죄이기 때문에 사법기관에 적발되면 회사가 단숨에 해체되었다. 이중삼중으로 자금은 미리 빼돌려 놓고 바지 사장도 임명해 두지만, 어쨌든 위험부담은 상당히 큰 방식이다.

요즘에는 합법적인 방법으로 바꾸어서 회사에 취직을 시켰다.

시간이 갈수록 대유행이 되고 있는 로열 로드!

지방의 창고를 빌려서 아이템을 모으는 작업장을 차려 놓고 취직을 시켜서 상환하게 하는 방법이었다.

　숙식 제공도 공짜가 아니었고, 캡슐의 이용 요금까지 따로 받아 냈기에 빚은 여간해서는 줄지를 않았다.

　한번 들어가게 되면 여간해서는 다시 나오지 못하는 곳.

　사채업자 입장에서는 월급을 주지 않고 계속 부려 먹을 수 있기에 쓸 만한 사업이었다.

　검치의 무기술 스킬이 고급 9레벨 50%의 숙련도를 달성했다.

　"이제야 조금 강해진 것 같은 느낌이 나는군."

　"수련생들도 전원 고급 8레벨 이상이 되었습니다."

　사범들이 쉬지 않고 사냥을 끌고 다닌 성과였다.

　수련생들이 무기술 스킬을 빨리 익힌 데는 비결이 있었다.

　손에 익숙한 검만 고집하지 않고 활과 창, 도끼, 망치, 철퇴, 다룰 수 있는 무기들은 모두 사용하면서 전투를 치렀다. 다양한 무기를 저마다 능숙하게 사용하게 될수록 무기술 스킬은 잘 늘었다.

　그래도 기본적으로 검이나 도, 창처럼 주력으로 사용하는 무기는 있었지만, 보통 등에는 활을 하나씩 메고 다녔고 허리에는 작은 손도끼를 꽂았다.

검백일치는 물가에 비친 자신의 모습이 아주 마음에 들었다.

"이러니까 용맹한 전사 같군."

검백오십구치도 옆에서 수면을 내려다보고 있었다. 그의 경우에는 양손이 아니면 들 수 없는 특제 대형 도끼를 가졌다.

"저도 그렇습니다, 사형. 어떤 전투라도 자신감이 붙는데요."

페실 강을 연결하는 알카사스의 다리를 건너기 위해 온 초보자들이 그들을 보며 깜짝 놀랐다.

"산적이다!"

"몬스터 아니야?"

"가진 거 다 드릴 테니 살려 주세요. 3골드밖에 없어요!"

평생 취직을 하지 않아도 외모로 먹고살 수 있을 정도!

검치는 사범들과 수련생들을 불러 모았다.

그의 입가에는 부드럽고 훈훈한 미소가 맺혀 있었는데, 얼마 전 마침내 북부에 도착한 여자 친구를 만났기 때문이다. 북부의 이곳저곳을 안내해 주면서 데이트를 즐겼기 때문에 입가에 웃음이 맺혀 있었다.

'전에 저렇게 웃으시면서 밤새도록 기합을 줬는데…….'

'아무것도 없이 산에 가서 열흘간 생존 훈련도 시켰지.'

위드의 썩은 미소를 제압하는, 살인 미소!

검치는 부드럽고 다정하게 말했다.

"얘들아."

"예! 스승님!"

군대에서처럼 정확하게 맞춰서 나오는 대답.

"우리도 이제 직업 마스터에 도전을 해야 되지 않겠느냐."

"옛! 스승님의 말씀은 진리, 그 자체입니다."

어떤 반대 의사 표시나 말대꾸도 없이 결정되었다.

"삼치야, 검오치는 어디서 뭘 하고 있지?"

"지금 보라카두 지역에서 열세 번째 퀘스트를 하고 있답니다. 범죄를 저지르고 도망친 이들을 잡는 것이라는데, 얼마 남지 않았다고 합니다."

"지금까지 어려웠던 점은 없고?"

"전부 죽이고 뺏으면 된답니다. 약간 까다로운 무술을 몸으로 익히는 것들이 조금 있었는데, 재수가 없어도 몇 번 시도하다 보면 해결되는 수준이라고 들었습니다."

밧줄 위에서 칼춤을 추는 정도의 난이도조차도 평생을 몸으로 살아온 사범들에게는 간단한 유흥거리였다. 현실에서 단련한 육체는 가져올 수 없지만 정신력과 판단은 그대로였다.

다만 이것이 항상 장점으로만 작용하는 건 아니라서, 현실에서처럼 계산하고 기억하는 것을 싫어했다. 간단한 퀘스트도 머리로 해결을 하지 않고 때려 부수다가 실패한 적이 여러 번이기는 했다.

"그렇다면 퀘스트를 하러 가자꾸나."

"예, 스승님."

검치는 사범들과 수련생들을 끌고 움직였다.

그들은 무기술 스킬로 인하여 온갖 위협적인 무기들도 다 사용할 수가 있었다. 오우거, 오크, 트롤이 쓰던 무기도 빼앗아서 쓰기 때문에, 어디를 가더라도 사람들이 쳐다봤다.

뭉쳐 있기에 더욱 무식할 수 있는 그들이었다.

"몬투스!"

"로드릭! 너로 인하여 나는 이곳에서 수백 년을 갇혀서 보냈다."

"닥쳐라. 오늘이야말로 실수를 바로잡을 것이다."

"하잘것없는 인간이여, 과거의 그때처럼 심장을 꺼내어서 씹어 주지."

위드는 몬투스와 로드릭 사이의 극적인 재회에 대해서는 관심을 두지 않았다. 대전을 둘러보며 다른 적들이 얼마나 있는지 살펴보는 것이 우선이었다.

'으음, 이건 쉽지가 않겠군.'

악마병이 무려 30마리!

지옥에서 살아간다는 중형 몬스터들도 몇 마리 있었다. 악마병을 등에 태우고 있거나 해서 레벨은 그렇게까지 높아 보이지 않지만 맷집이 단단해 보였다.

위드가 과거의 영상을 통해 봤던 미궁의 대전과 비교해 보니 바닥과 벽, 천장 모두가 이상하게 바뀌어 있었다.

찐득한 액체가 흐르고, 알 같은 것이 도처에 매달려 있었다. 정체를 알 수 없는 커다란 생명체의 사체 속에서도 알들이 자라고 있는 모습이었다.

"저건 아마도 탈로쓰의 알이겠군."

작가가 누군지 밝혀지지 않은 어떤 여행자의 수기가 있었다. 로열 로드 초창기부터 고서적 판매점에 있었던 것으로 보아, NPC가 썼던 책이리라.

나중에 유저들이 활동하는 영역이 넓어지면서 수기에 나온 이야기들이 사실이라는 것이 알려지게 되었다.

유저들은 여행자의 수기에 따라서 모험을 하기도 하고, 특별한 힌트를 얻어 내기도 하였다.

지옥에 다녀왔다는 여행자는 수기에 몇 가지 이상한 그림을 그려 놓았는데, 그게 지금 보이는 것들과 흡사했다.

"저게 태어나면 강철로도 벨 수 없을 정도로 단단하고 빠르다고 했지."

거미와 흡사하게 생겼으며 12~16개의 발로 땅을 빠르게 기어 다니며 공격을 퍼붓는다. 지옥에서조차 매우 골치 아파하는 마물이라고 한다.

탈로쓰는 알에서 부화하기까지 아주 긴 시간을 필요로 했

다. 그리고 놈들이 깨어나는 것은 허기진 배를 채울 먹이가 가까이 왔을 때였다.

파사사삭!

알들이 터지면서 태어나는 탈로쓰!

이곳 대전에는 탈로쓰의 알들이 부지기수로 많았다.

"이것들이 전부 깨어나게 되면… 그리고 악마병들이 서른이나 된다니… 전원 전투준비!"

마지막으로 목숨을 건 싸움을 하지 않을 수가 없었다.

"생방송 3초 전!"

오늘은 방송국들에 있어 특별한 날이었다.

로열 로드가 열리고 난 이후부터 게임 방송사들의 시청자 숫자는 날로 늘어 갔다.

방송국에도 자금 투자가 이루어져서, 현재는 외형이 크게 확장되었다. 24시간 방송 체제는 물론이고, 외국에서도 동시통역과 자막으로 직접 서비스를 했다.

PD와 기술 팀의 인원 확충도 이루어졌는데 오늘은 그들이 전부 비상대기 중이었다.

전쟁의 신 위드가 로드릭 미궁을 탐험하는 방송 날짜가 바로 오늘인 것이다.

전쟁의 신, 로드릭 미궁을 정벌하다
위드의 노래 1부, 2부, 3부
위드, 그리고 데몬 슬레이어

　시청률이 높다는 일요일 아침부터 위드가 현재까지 진행한 로드릭 미궁에서의 탐험을 연속으로 방송해 주었다.
　각 방송국들이 경쟁적으로 참여하여 그 영상이나 내레이션, 음악은 비할 수 없을 정도였다. 미리부터 모험 영상을 전송받아서 확실한 편집을 거쳤기 때문이다.
　"엄마, 나 만화 봐야 된단 말이야."
　어린아이가 텔레비전 리모컨을 달라고 떼를 썼지만 통하지 않았다.
　"은비야, 조용히 해. 너 자꾸 이러면 숙제 안 도와줄 거야."
　"치이… 엄마, 나 다리 밑에서 주워 왔어?"
　딸의 애교 어린 투정에도 엄마는 넘어가지 않았다.
　"택배 아저씨가 주고 갔어. 오늘만 엄마 보고 싶은 거 보자. 동화책 읽을 시간이잖아. 떼쓰면 택배 아저씨한테 반품해 버릴 거야."
　로드릭 미궁의 탐험은 아침부터 방송이 되어서 저녁에는 몬투스와의 대전을 생중계로 진행하는 것이었다.
　인근의 통닭집도 명절 때보다 더 바빴다.
　따르릉!

"여기 청당동 벽산 아파트인데요, 양념 반 프라이드 반으로……."
"닭이 없어요!"
치킨집이 안 된다면 중국집이 있었다.
"사천 탕수육 되죠?"
"지금 주문하시면 3시간은 기다리셔야 될 것 같은데요."
배달 업종들의 호황!
로열 로드가 인기를 끌면서부터는 게임을 해 본 적이 없는 사람들도 영화나 드라마를 보듯이 지켜보았다. 한국에서의 인기야 말할 필요도 없었으며, 시차가 다른 외국에서도 시청률이 아주 높았다.

대혈전

"인간인 너에게 지옥에서 경험했던 고통을 그대로 알려 주도록 하마!"

"지난번과 같은 실수는 없을 것이다. 스톰 블리자드!"

몬투스의 몸에서는 시커먼 마기가 무럭무럭 뿜어져 나왔다. 대마법사 로드릭도 몇 겹이나 되는 보호 마법을 자신의 몸에 시전한 채로 공격 마법을 사용했다.

미궁이 통째로 흔들릴 정도의 마법들의 충돌!

화려하기 짝이 없는 마법 전투가 펼쳐졌다.

위드에게는 그들의 전투보다는 당장 30마리의 악마병과 알에서 깨어나는 탈로쓰를 막는 것이 시급한 일이었다.

"바하모르그."

"왜 부르는가."

"여기까지 데려와서 미안하다. 오랜만에 다시 찾은 생명인데 안락하고 편안한 삶을 살지도 못하고 말이야."

"싸울 수 있어서 만족한다. 내가 원하던 것은 이런 전투였으니 그런 말은 하지 않아도 된다."

다행히 바하모르그와의 친밀도는 아직까지 문제가 없었다.

'마지막 전투에서 살아남더라도 계속 부려 먹을 수는 있겠군.'

어슬렁거리던 악마병들은 목표를 성기사들로 정했는지 달려들기 시작하였다.

위드와 바하모르그가 조금 더 앞에 나와 있었지만 악마병들은 신성력을 은은하게 발산하는 성기사들을 더욱 적대시하는 것이다.

"전부 철저한 수비 진형으로! 바하모르그, 전면을 맡아서 최대한 버텨라. 나는 따로 싸우겠다. 블링크!"

위드는 탈로쓰의 알 근처로 순간 이동하여 레드 스타를 휘둘렀다.

퍼서석!

-탈로쓰의 알이 깨졌습니다.

"깨어나기 전에 몽땅 부숴 버려야겠다."

위드는 레드 스타에 잠재되어 있는 스킬을 시전했다.

이러다가 언제 레드 스타를 느끼고 드래곤이 찾아올지도 모른다는 불안감이 들었지만 가릴 형편이 아니었다.

"파이어 히드라 소환!"

레드 스타의 마력에 의하여 파이어 히드라들이 사방에 나타났다.

"모조리 태워라!"

파이어 히드라들이 토해 내는 불에 의하여 파괴되는 탈로쓰의 알들.

천장과 벽에도 알들이 있었고, 진득한 액체에 의하여 매달려 있는 것들도 깨어나려고 하고 있었다.

위드의 마나는 아직 여유가 많았고, 레드 스타의 영향으로 빠르게 회복되기도 했다. 강력한 스킬도 사용할 수 있을 정도로 충분하다.

"광휘의 검술!"

보통의 광휘의 검술이 아니라, 천둥새를 부르는 기술.

위드는 검을 정면으로 수십 번 휘둘렀다.

천둥새를 부르는 스킬은 발동하는 데 약간의 시간이 걸렸다. 검을 휘두를 때마다 실타래가 풀리듯이 검의 기운이 빠져나와서 공중에 천둥새의 모습을 서서히 형성해 갔다.

그리고 완전한 천둥새의 모습이 형성되었다.

-꾸에웨렛!

천둥새가 울음소리를 내며 앞으로 날아갔다.

콰릉! 콰르르르릉!

콰아아아아아!

천둥새가 날아가면서 사방으로 벼락이 내리꽂혔다. 그뿐만이 아니라 화염까지도 소용돌이치면서 일어나고 있었다.

레드 스타의 영향으로 공격 스킬이 강화된 것이다.

벼락과 화염을 몰고 우아하게 날갯짓을 하면서 앞으로 나아가고 있는 천둥새!

-경험치를 습득하셨습니다.

-경험치를 습득하셨습니다.

-레벨이 오르셨습니다.

위드에게는 흔치 않은 광역 공격 스킬이었는데, 탈로쓰의 알들이 모여 있는 환경에서 최고의 활용도를 보여 주고 있었다.

알에 막 균열이 생기며 깨어나려던 탈로쓰들은 벼락을 맞거나 불에 타서 많이들 쓰러졌다.

천둥새는 앞으로 쭉 밀고 나가면서 알들을 깨뜨리다가 서서히 사라졌다.

하지만 아직도 파괴되지 않은 것들이 부지기수였다.

이곳이 과거 왕궁의 대전이다 보니 기둥들도 다수 세워져 있었고, 푹 꺼진 바닥 안에도 알들이 채워져 있는 경우가 많

았다. 주변의 소란 때문인지 그 알들이 계속 깨어났다.

악마병들과의 전투도 문제였지만 탈로쓰들이 깨어나게 되면 이건 마물들이 더 위험하게 생겼다.

"성기사 1조는 돌격하여 앞으로 나와라. 불에 타지 않은 알들을 부수도록 해!"

악마병들을 상대로 버겁게 전투를 치르고 있는 성기사들이었지만, 위드 혼자서는 쌓여 있는 알들을 다 해치울 수가 없어 무리를 해서라도 동원하는 수밖에 없었다.

"루의 이름으로."

"태어나지 말았어야 할 마물들이여, 부디 좋은 곳으로 가거라."

10여 명의 성기사들이 달려 나와 검으로 알들을 찌르고 베서 깨뜨렸다.

최소로 잡아도 2,000개 이상의 알들이 있었기에 이것들이 몽땅 깨어나면 이만저만 큰일이 아니었다. 어느새 이미 깨어난 탈로쓰들은 기어 다니면서 성기사들을 향해 푸른 액체들을 토해 냈다.

"이건 정말 빨리 판단을 내려야 되겠구나."

주위를 한번 돌아본 위드의 머릿속이 한없이 복잡해져 갔다.

로드릭과 몬투스. 둘은 이름도 알려져 있지 않은 온갖 고급 마법들을 쏟아 내며 싸우고 있다.

마법사이지만 헤이스트 주문으로 이동속도를 높인 로드릭은 수인을 맺으며 현란하게 움직이고 있었다. 말을 탄 기사라고 해도 쉽게 따라잡기가 어려울 정도의 몸놀림을 보이며 대마법사의 가공할 능력을 발휘하는 것이다.

 로드릭의 가디언인 파이어 골렘도 소환되어 몬투스를 상대로 싸우고 있었다.

 반대로 몬투스는 커다란 열네 장의 날개를 활짝 펼치고 지옥의 마법 주문들, 악마들의 마법을 사용했다.

 로드릭과 몬투스의 마법들이 부딪칠 때마다 그 반발력에 의하여 대기가 빨려 들어가고 충격파가 발생했다.

 "최대한 짧은 시간 안에 로드릭이 이겨 줘야 하는데……."

 악마병들은 성기사들의 집단 방어에도 불구하고 우세한 전력으로 그들을 마구 공격하며 짓밟고 있었다.

 탈로쓰의 알도 퍼서석거리며 병아리들처럼 깨어나서 땅을 걸어 다니는 놈들이 늘어나고 있는 중이다.

 놈들은 자신의 동료들이나, 쓰러져 있는 사체들을 먹어 치우면서 금방 성체의 능력을 찾는다. 그렇기에 약간의 시간이 흐른 뒤에는 성기사와 사제 들이 로드릭을 돕기는커녕 모조리 죽게 될 판이다.

 로드릭이 몬투스를 빠르게 물리칠 수 있다면 틀림없이 기쁜 일이지만 기대하고 있을 수만은 없다.

 '과거에도 패배를 했었으니 이번이라고 이긴다는 보장이

없어.'

무엇보다 큰 문제는, 위드가 어떤 전술을 운용하더라도 악마병들이 너무 강하다는 점이다.

한정된 공간에서 강한 적들을 상대로 전투가 벌어지고 있었기에 성기사들은 퇴각도 하지 못하고 철저한 수비 진형으로 버티는 게 고작이었다.

바하모르그는 5마리의 악마병에게 둘러싸여서 공격을 당하고 있었다. 방어 능력이 좋으니 당장 쓰러지지는 않겠지만 그리 오래 버티지도 못할 듯했다.

악마병들로부터 다들 맹렬히 공격을 받고 있었으니 상황을 반전시킬 수 있거나 조금이라도 유리하게 이끌 수 있는 어떠한 시도도 불가능했다.

그렇지만 이런 고민도 위드이기 때문에 하는 것이다.

베르사 대륙에서는 원래 혼전에서 병사들이나 부하들을 제대로 관리한다는 것이 사실상 불가능했다. 그저 맞붙어서 싸우고, 가능한 많이 살아남으면 다행이라고 여겼다.

전장에서는 자기 한 몸 돌보는 것도 쉽지 않고, 그만한 지휘 능력을 갖추기가 어렵기 때문이다.

"내가 고생을 해야지. 이놈의 팔자란 끝이 없군."

탈로쓰의 알도 문제였지만 먼저 악마병들부터 막지 못하면 몰살이었다.

위드는 블링크를 시전해서 바하모르그를 공격하는 악마병

의 뒤에 나타났다.

"헤라임 검술!"

불붙은 레드 스타가 악마병을 연속으로 베었다.

위드는 혼돈의 대전사로 조각 변신술을 펼치고 각종 축복까지 받은 상태이기 때문에 힘이 좋을 뿐만 아니라 체구도 거대했다. 몸집이 커진 만큼 체중에도 변화가 있기에 공격법을 다양하게 사용할 수 있었다.

위드는 헤라임 검술로 연속 공격을 하면서 악마병을 밀어붙였다.

빠르게 공격을 이어 나가는 것도 중요하지만, 적의 약한 부위들을 공격하여 치명적인 타격을 계속 입혔다.

―악마병 루크레시아에게 화염 데미지를 추가로 입힙니다.

―악마병 루크레시아의 방어력을 무시하고 있습니다!

―악마병 루크레시아의 왼쪽 어깨 부위를 연속으로 강타하였습니다. 힘과 균형 감각을 감소시킵니다.

―악마병 루크레시아의 몸이 레드 스타에서 비롯된 화염으로 완전히 뒤덮여 있습니다.
매초마다 3,890의 데미지를 입힙니다.

위드는 헤라임 검술로 악마병을 몰아붙인 후에 검을 찌르고 스킬을 시전했다.

"화염 폭발!"

악마병의 몸에 있던 화염에 불덩어리가 더해지더니 한순간에 폭발했다.

-악마병 루크레시아가 짧은 순간 동안 집중된 강한 공격을 버티지 못하고 소멸되었습니다!

생명력은 절반 넘게 남아 있었지만 위력적인 공격을 연속으로 얻어맞더니 그대로 소멸되어 버린 것이다.

레드 스타와, 혼돈의 대전사의 조각 변신술로 보여 주는 압도적인 전투 능력!

슥삭.

-독성 물질 하바나의 잎사귀를 습득하셨습니다.

-순도 높은 미스릴 헬멧을 습득하셨습니다.

"스물아홉이 남았군."

불리한 상황임에도 불구하고 위드의 입가에는 미소가 맺혔다.

순도 높은 미스릴 헬멧.

아이언모닝스타 길드 소속의 레벨 400대 워리어가 착용하고 있던 물품이다. 드워프 대장장이가 특수하게 만들어 준 것으로, 탁월한 방어력은 물론이고 지혜와 전투 스킬의 효과를 높여 주는 옵션까지 가지고 있다고 했다.

 악마병들은 로드릭 미궁 안에서 여기저기 돌아다니기도 하기 때문에 아마 이곳에서 얻게 된 것이리라.

 위드는 감정을 해 볼 사이도 없이 다른 악마병을 향하여 움직였다.

 악마병 3마리가 성기사들의 장벽을 넘어서 사제들을 유린하려 하고 있었다. 악마병의 앞에는 반드시 지켜야 하는 알베론도 있었다.

 "블링크!"

 위드는 악마병 3마리에게 레드 스타를 휘두르며 공격을 퍼부었다.

 하지만 조금 전처럼 완벽한 기습이 성공하지는 못했다. 악마병들의 지능이 워낙에 높아서 다른 동료가 죽는 것을 보며 이미 경계를 시작했기 때문이다.

 "이놈이……."

 "캬아아앗! 뜨겁다."

 악마병 3마리는 위드의 공격을 어렵지 않게 막아 내고 반격을 가해 왔다.

 걷잡을 수 없는 난전!

 위드는 성기사들이 다시 진형을 갖출 때까지 자리를 비울 수가 없었다.

 따로 앞으로 나가서 알을 깨던 성기사 10명은 악마병에 의

하여 목숨을 잃거나 탈로쓰에게 잡아먹혔다.

"알들이 깨어난다!"

"저 탈로쓰가 다가오는 것도 막아야 하는데."

위드는 악마병들의 파상 공세를 막으면서도 돌아가는 상황을 계속 살폈다. 성기사들과 사제들을 통솔하면서 악마병들로부터 버텨 내야 되었다.

"크억!"

"프레야 여신이여, 미약하여 신의 뜻을 펼치지 못하고 쓰러지는 저를 받아 주소서."

성기사들이 적들의 공격을 감당하지 못하고 죽어 가고 있었다.

마물인 탈로쓰는 성장을 할 때마다 허물을 벗으면서 훨씬 더 커진다. 성체는 몸길이가 몇 미터씩 되다 보니 그들의 다리 공격은 두꺼운 기둥이 그대로 날아오는 거나 다름이 없었다.

어느새 커진 탈로쓰가 성기사들의 수비 진형을 넘어오면서 도처에서 희생이 잇따랐다.

"마지막까지 오기는 했지만 여기서 몰살을 당하는 건가."

불과 20여 분 정도가 지났을 뿐이지만 성기사들은 이제 200명도 남지 않았다.

사제들도 삼분의 일 가까이 희생되었으며, 무엇보다 심각한 것은 마나의 소모였다.

 마나가 가득 차 있을 때에는 신성 마법을 펑펑 쓰면서 싸울 수가 있지만, 이제부터는 다치더라도 치료도 해 주지 못하는 것이다.

 위드는 온몸에 부상을 입어 가면서 악마병들과 사투를 벌였다.

 그에게는 적어도 3~4마리씩의 악마병들이 공격을 해 왔다. 레드 스타의 회복력이 없었더라면, 그리고 정말 급할 때에는 사제들의 근처로 도망쳐서 치료 마법을 받지 못했으면 진작 죽었으리라.

 사제들의 마나가 고갈되어 가면서 완전한 회복도 하지 못한 채로 계속 싸워야 했다.

 "전부 내게 덤벼라!"

 위드는 사자후를 터트렸다.

 성기사들의 사기를 조금이라도 더 올리기 위하여는 큰소리를 칠 필요가 있었다.

 "쉽게 죽이진 않으마. 길고 긴 고통을 맛보게 해 주마."

 "크크크. 인간들, 이곳에서 누구도 살아 나가지 못한다."

 위드는 악마병들과 싸우면서 뒤로 물러섰다.

 체격과 힘에서 월등한 악마병들이 여럿이라면 금방 위기에 몰릴 수밖에 없다. 악마병들은 위드를 인정했기 때문인지

단독으로는 덤비지 않고 항상 여러 마리가 함께 덤볐다.

"안 되겠군."

위드는 뒤돌아서 도망까지 쳤다.

"크헤헤헤헤."

"도망갈 곳은 지옥밖에 없을 것이다."

악마병들은 날개를 펄럭여 맹렬하게 쫓아오면서 무기를 휘둘러 댔다.

사실은 몬투스와 로드릭이 서로 마법을 시전하며 싸우는 위험한 곳으로 악마병들을 유인하는 것이었다.

"완전 전소!"

화염 계열의 상위권에 속해 있는 마법!

화르르르륵!

로드릭이 발휘한 공격 마법을 몬투스는 가볍게 피해 버렸다. 그러나 근처를 빙빙 돌다가 잽싸게 스치고 지나간 위드 덕에, 악마병 5마리는 마법의 범위에 들어 시커멓게 타 버리고 말았다.

3마리는 살아남았지만 옆에는 불행히도 위드가 있었다.

비록 하루라는 짧은 시간이지만 로드릭과 함께 전투를 하면서 완벽하게 빌붙기를 터득한 사람!

"분검술!"

위드의 분신이 10개나 나타났다. 그리고 일시적인 전투 불능 상태에 있는 악마병들을 무참히 공격했다.

―악마병 젠피아누가 소멸되었습니다.
　전투에 참여한 이들의 명성이 97 증가합니다.

―악마병 크툰이 소멸되었습니다.
　전투에 참여한 이들의 명성이 142 증가합니다.

―악마병 마렐우스가 소멸되었습니다.
　전투에 참여한 이들의 명성이 198 증가합니다.

―악마병과의 전투에서 용맹을 떨쳤습니다.
　전사로서 투지와 힘이 1씩 높아집니다.

"그래도 악마병들이 정리가 되어 가기는 하는군."

성기사와 사제 들이 죽어 간 만큼이나 악마병들도 전혀 타격이 없는 것은 아니었다. 이제는 13마리로 줄어들었을 뿐만 아니라 생명력과 체력에서 지쳐 있기도 하였다.

위드가 기회를 틈타 로드릭의 마법에 빌붙어서 해치운 악마병만 8마리나 되었다.

다른 악마병들은 어쩔 수 없이 일부 성기사들을 미끼로 삼아서 진형 깊이 유인하여 처리를 했다.

"바하모르그가 있으니 성기사들과 사제들끼리도 한동안은 버틸 수 있을 거야."

악마병들의 회복 능력은 아주 느리다. 생명력이 남아 있더라도, 지금까지 마나를 대부분 소모한 만큼 전투 능력은 많

이 고갈되었다. 회복력이 빠른 성기사와 사제 들의 특성상 이제는 충분히 싸울 수는 있을 것으로 보였다.

문제는 자꾸만 깨어나는 탈로쓰의 알이었다.

쿠엑!

와그작!

태어난 탈로쓰들은 악마병이나 성기사들이나, 어느 쪽이 이기고 지는 데에는 관심이 없었다. 가까이 있는 성기사들이나 악마병들이나 가리지 않고 잡아먹었다.

그뿐 아니라 성장을 위해 자기들끼리도 먹어 치우고 먹힌다.

"아. 안 돼! 프레야 여신이여, 여신을 따르는 충실한 종인 저를 이렇게 버리시나이까!"

"루의 검이 이곳에서 꺾이다니⋯⋯."

위드의 지휘에도 불구하고 사제와 성기사 들의 사기가 급격히 하락하고 있었다.

동료들이 대거 죽어 나가며, 악마 몬투스가 뿜어내는 마기의 영향으로 인하여 변절하는 경우까지도 벌어졌다.

"매장된 숨결."

"깊은 관!"

사제들이 음험한 암흑 마법을 시전하면서 악마병들을 회복시키고, 그들에게 축복 마법을 써 주는 것이다.

"퍼샤샤, 어떻게 네가 타락할 수가⋯⋯."

"킬킬킬! 프레야 여신이 나에게 해 준 것이 뭐가 있지?"

다른 성기사들과 사제들에 의하여 변절자들은 곧 정리되었지만 상황이 긍정적이지 않다는 명백한 증거였다.

"이러다가 다 죽겠군. 악마병들을 이겨 낸다 해도 몇 명이나 살아남을 수 있을지……. 그보다 몬투스가 이긴다면 아무도 못 살겠지. 지금까지 고생은 할 만큼 했는데 설마 여기서 몰살하는 건 아니겠지."

로드릭과 몬투스를 살펴보니 그들의 싸움은 정확히 우려하던 대로 흘러가고 있었다.

몬투스의 압도적인 마법력 앞에 로드릭은 회피와 도망치는 데 급급했다.

이렇게 다 같이 지쳐 가고 있는 상황에서 탈로쓰들이 본격적으로 전투에 가담하게 되면 성기사들은 무조건 몰살이다.

그 후에 사제들이나 위드, 바하모르그의 운명은 정해진 것이나 마찬가지였다.

"도박을 하는 수밖에……. 몬투스를 쳐야 해. 그것도 당장."

위드는 승부수를 띄우기로 했다.

"알베론!"

"예, 위드 님."

아직까지도 흰색 사제복을 입고 치료 마법으로 성기사들을 지원해 주고 있는 알베론이었다.

그와 데리안이 버텨 주지 않았다면 성기사들의 수비벽은

진작 무너졌으리라.

바하모르그는 여러 마리의 악마병들을 감당하고는 있었지만, 그저 악마병들을 끌고 버텨 주는 것만으로도 다행이었다.

"나를 계속 지켜보면서 치료해 줘. 우리가 전부 살아남기 위해서는 나를 살려야 된다."

"알겠습니다."

전력에 큰 도움이 되고 있는 알베론을 위드만을 치료하는 전속 사제로 지정한 것이다.

"블링크!"

위드는 순간 이동 스킬을 써서 몬투스의 옆에 나타났다. 등 뒤에는 공격 수단이 되기도 하는 꼬리가 있으니 오히려 옆이 안전하다고 보았기 때문이다.

"일점 공격술!"

몬투스의 오른쪽 날개를 집중해서 베었다.

―하급 악마 몬투스의 오른쪽 세 번째 날개를 베었습니다.
물리적인 방어 능력으로 인해 151의 피해를 입힙니다.
레드 스타가 344의 화염 데미지를 가합니다.

―하급 악마 몬투스의 오른쪽 세 번째 날개를 베었습니다.
물리적인 방어 능력으로 인해 213의 피해를 입힙니다.
레드 스타가 358의 화염 데미지를 가합니다.

- 치명적인 일격이 터졌습니다!
 9%의 피해를 추가합니다.
 레드 스타가 698의 화염 데미지를 가합니다.

- 치명적인 일격이 터졌습니다!
 11%의 피해를 추가합니다.
 레드 스타가 745의 화염 데미지를 가합니다.

- 치명적인 일격이 터졌습니다!
 14%의 피해를 추가합니다.
 레드 스타가 916의 화염 데미지를 가합니다.

예상외로 엄청난 데미지!

방어력이 높으면 어지간한 공격은 먹혀들지를 않는다.

하지만 몬투스의 가장 연약한 부위인 날개를 드래곤의 검 레드 스타로 거듭 공격하니 효과가 나타났다. 몬투스의 오른쪽 세 번째 날개가 불길에 휩싸여서 타들어 가고 있는 것이다.

"쿠아아! 이놈이 감히 나를 건드리다니."

몬투스는 자신의 몸이 공격당한 것에 대해 불같이 노했다. 줄어든 생명력보다도 날개 한쪽이 타들어 가는 것이 명예와 자존심을 상하게 한 것이다.

정신없이 로드릭을 밀어붙이는 와중에도 손에 들고 있던 화염탄을 위드를 향해 던졌다.

"블링크!"

위드는 몬투스의 반대쪽으로 나타났다. 그리고 일점 공격

술을 이용하여 다른 날개를 계속 공격했다.

"고통을 알려 주마!"

몬투스는 위드에게 마기가 가득 실린 팔과 꼬리를 휘둘렀다. 날개를 펄럭이면서 쳐 내기도 했다.

블링크를 이용한 근접전!

혼돈의 대전사가 되어 있는 위드의 덩치도 상당한 규모였다. 하지만 몬투스는 그보다 3배는 더 컸다. 날개를 잔뜩 펼치는 것만으로도 눈앞이 가득 찰 정도였다.

악마의 공격을 피하면서 반격을 한다는 것은 기적에 가깝다.

몬투스가 발로 땅을 구를 때에도 충격파가 퍼지면서 생명력을 깎아내릴 정도였다.

"프로즌 필드!"

그때 마법을 영창하는 로드릭의 목소리가 들렸다.

"설마……."

―프로즌 필드의 영향권에 들었습니다.
몸이 얼어붙으려고 했지만 저항합니다.
생명력이 32,985 감소합니다.
움직임이 둔화됩니다.

위드와 몬투스가 있는 지역에 흰 얼음 알갱이들이 생기더니 달라붙어서 꽁꽁 얼렸다.

그나마 불의 속성을 갖고 있는 종족으로 변신한 상태였고 레드 스타의 저항력이 있기에 망정이지 그렇지 않았다면 얼음덩어리가 되어 몸이 굳어 버렸을 수도 있다.

"프레야 여신이여, 당신의 뜻을 받들어 따르는 이가 여기 있으니 그가 적에게 굴하지 않게 해 주소서. 신성 회복!"

알베론이 생명력을 빠르게 채워 주고, 추위에 대한 내성도 높여 줬다.

위드는 일단 그곳을 벗어났다가 빙계 마법의 영향을 완전히 해소한 후에 다시 몬투스에게 접근했다.

로드릭은 위드가 근처에 있거나 말거나 강력한 범위 마법 공격을 했다. 위드는 로드릭의 마법 공격까지 알아서 피하거나 마법이 작렬하는 가운데 반대 방향에서 몬투스를 방패막이 삼아 집요하게 날개들을 노렸다.

몬투스도 꼬리로 땅을 치고 앞으로 걸어가면서 계속 마법을 사용했다.

"츠카툴라의 이빨!"

로드릭을 노리는 공격 마법이 아니었다.

몬투스 주변의 땅에서 크고 날카로운 송곳니들이 튀어나와서 공중으로 솟구쳤다.

지역 전체의 생명체들을 파괴해 버리는 강력하기 짝이 없는 마법!

위드는 조금 전의 경험을 참고해서 블링크로 아슬아슬하

게 빠져나갔다.

 물론 블링크는 연속 사용에 제한이 있고 마나도 상당히 많이 소모되는 스킬이다. 따라서 다른 공격 기술은 쓰지 못하고 힘과 레드 스타의 기본적인 공격력에만 의존해야 했다.

 "어디 끝까지 가 보자!"

 위드는 마법의 효과가 사라지고 나서, 로드릭의 공격이 있은 직후에 몬투스의 등 뒤에 다시 나타나서 날개를 베었다.

 몬투스가 마법을 주로 사용하지만 땅과 기둥, 벽이 부서지는 걸로 봐서는 물리적인 데미지도 매우 강했다. 꼬리와 팔, 날개로 공격을 할 때에는 공격을 멈추지 않으면서 피하고, 마법을 발휘하면 상황을 봐서 방향을 바꾸며 멀리 떨어졌다.

 몬투스가 아예 위드만을 잡으려고 결심을 하면 근처에도 다가가지 않았지만, 이미 표적이 되어 있었다.

―바람의 창에 의해 몸이 찔리고 있습니다.
생명력이 28,193 감소합니다.

―스톤 스트라이크 마법이 따라오고 있습니다.

 위드가 있는 장소로 범위 마법 공격에, 추적 마법들까지 쫓아왔다. 블링크로 피한 지역으로 수십여 개의 공격 마법들이 혜성처럼 따라오기도 했다.

 "정말 쉬운 게 없군!"

 몸을 날리고, 레드 스타로 마법을 쳐 냈다.

완벽하게 맞지 않고 피하다가 스치는 정도는 알베론이 곧바로 치료를 해 줬다.

위드는 악마병들과도 싸우는 척을 하면서 몬투스의 눈치를 보았다.

'분명히 나를 노릴 거야.'

날개를 공격받는 것에 대해 몬투스는 매우 불쾌하게 여겼다.

'저 옹졸한 놈이 참을 리가 없어.'

성격이 졸렬하다는 점까지도 벌써 파악했다.

악마의 날개는 긍지와 자존심이 걸려 있는 부위였다.

"제물의 낙인."

아니나 다를까, 몬투스의 마법 공격이 있었다.

황금빛 낙인의 글자가 위드를 향하여 날아왔다.

위드는 악마병들과 싸우다가 갑자기 스킬을 시전했다.

"블링크!"

몬투스의 낙인이 악마병들에게 작렬!

"크와아아악!"

악마병 3마리에게 낙인이 찍혔다.

생명력을 잃어 가면서 급속도로 노화하여 사망하는 악마병들!

애꿎은 악마병들이 마법에 의하여 피해를 입어 버리고 만 것이다.

몬투스의 뒤끝 있는 성격을 이용한, 위험을 무릅쓴 미꾸라지 작전!

"악마병들이 줄어든 만큼 살아남을 사람들이 더 많아지겠군."

위드는 수많은 보스급 몬스터와의 전투 경험을 바탕으로 공격의 우선순위를 나누고 정리를 했다. 조금이라도 판단 실수를 하거나 마법 공격에서 빠져나오지 못하면 죽음이었다.

'내가 전력으로 공격을 퍼붓는다 해도 몬투스를 크게 다치게 하진 못할 거야.'

방어력이 약한 날개들을 몽땅 잃어버리더라도 몬투스가 죽지는 않는다.

몬투스의 몸을 공격했을 때에는 레드 스타의 공격력으로도 생채기 정도밖에 생기지 않았다. 물론 화염 데미지가 계속 들어가고 있었지만 불길이 저절로 꺼져 버렸다.

별 도움도 되지 않는 공격을 계속하느니, 몬투스의 신경을 깨작깨작 거슬려 시선을 자신에게 끌고 로드릭이 공격할 수 있도록 돕는 쪽이 낫다. 몬투스가 위드를 의식할수록 로드릭은 어떤 방해도 받지 않으면서 편하게 공격 마법을 준비할 수 있기 때문이다.

위드는 가장 위험한 역할을 자처하고 있었다.

"공간 절단!"

결론적으로 로드릭은 주문을 외우는 데 시간이 걸리는 대형 마법도 마음껏 활용할 수 있게 되었다.

"내가 이렇게 고생해야 다른 사람들이 편하지. 이놈의 팔자는 어떻게 된 게 일관성이 있어!"

몬투스는 위드에게 마법을 사용하느라 로드릭에 의하여 계속 크게 얻어맞았다.

로드릭을 상대로 하기 위해 마법을 준비하면 위드가 끈질기게 나타나서 악마의 상징이랄 수 있는 검은 날개를 베었다.

몬투스는 불타오르는 날개들을 펼치면서 거칠게 포효했다.

"이런 졸렬한 놈! 영예로운 전사 주제에 도망치는 법만 알고 있느냐. 와라, 썩 와서 당당히 싸우자!"

위드는 몬투스의 비난에도 불구하고 마음에 상처를 받지 않았다.

"칭찬으로 들어야 되겠군."

악마에게까지 욕을 얻어먹을 정도라니, 인생을 얼마나 착실하게 살았다는 증거이겠는가.

"욕 많이 먹고 오래 살면서 연금도 듬뿍 타 먹어야지!"

몬투스의 날개들이 점점 거세지는 화염으로 하나씩 녹아내리고, 로드릭에 의하여서도 엄청난 마법 피해를 입었다. 물론 그렇다고 해도 몬투스의 생명력은 아직 죽음에 처할 정도는 아니었다.

로드릭이나 몬투스나 막강한 마법 저항력을 갖고 있었기 때문에 생명력은 절반 정도나 남아 있었다.

고위 마법을 펑펑 쓰는 데다가 맷집과 생명력까지 높은 악마 몬투스!

유일한 희망이 있다면 회복력은 낮다는 점이었다.

"로드릭을 철저히 도와야 돼. 이용할 수 있는 것은 전부 써먹어야지. 블링크!"

위드는 탈로쓰의 앞에 나타나서 공격을 하며 몬투스의 근처로 유인했다. 하급이지만 정식 악마인 몬투스에게 탈로쓰들까지 끌어오는 것이다.

탈로쓰는 아직 이성이 없다. 그저 보이는 대로 잡아먹으려고 할 뿐이다.

캬캬캬캇!

몬투스를 보고는 다가가서 앞다리로 공격을 하려고 들었다.

"쿠와아아아아아아!"

그러자 몬투스가 갑자기 분노 어린 괴성을 질렀다.

―몬투스의 지옥의 밑바닥에서부터 끓어오르는 절규를 들으셨습니다.
사기가 89% 감소합니다.
상태 이상에 저항합니다.
상태 이상에 저항합니다.
상태 이상에 저항합니다.
괴로움에 차서 스킬의 성공 확률이 감소합니다.
상태 이상에 저항합니다.

"끄아아악!"

"아, 안 돼."

"프레야 여신이여, 우리에게 믿음과 힘을 주소서."

"루여, 저희가 기적을 행하게 해 주시옵소서!"

위드는 상황이 비교적 괜찮았지만 성기사와 사제 들은 난리가 났다.

그들의 보호 스킬, 신성 오러가 제대로 사용되지 않는 것은 물론이고 치료 마법도 실패하고 있었기 때문이다.

"커억!"

생명력이 낮은 사제 몇 명은 그대로 쓰러져서 회색빛으로 변하여 죽기까지 했다.

몬투스가 생명력과 마나를 소모하면서까지 터트린 죽음의 절규!

위드도 급하게 사자후를 터트렸다.

치료 효과는 없다고 해도 상황에 따른 지휘를 계속해야 했다.

"구석으로 가서 철저한 수비 진형으로! 각자의 몸에 걸린 저주들을 해소하기 전에는 싸우려고도 하지 말고 방어만 해라!"

몬투스의 절규가 불러온 대대적인 효과는 성기사와 사제들을 취약하게 만들었다.

이들이 성직 계열의 직업이었기에 그나마 저항을 더 할 수 있어 이만큼이라도 버티는 것이지, 보통의 기사들이나 병사

들이었다면 한꺼번에 몰살당할 뻔했다.

바하모르그만이 높은 투지로 그나마 거의 영향을 받지 않았다.

"벌레 같은 놈들. 쓰레기 같은 놈들. 너희 따위는 필요 없다. 모조리 죽어라."

몬투스는 이제 한자리에 머무르며 위드와 로드릭을 노리지 않았다.

돌아다니면서 눈에 보이는 모든 생명들, 심지어는 악마병들까지도 닥치는 대로 공격했다.

몬투스의 몸을 휘도는 마기는 더욱 강해지는 듯했고, 발휘하는 마법의 위력도 거의 1.5배로 늘어났다.

이른바 폭주 상태에 접어든 것이다.

위드는 겨우 한숨을 돌리며 바하모르그와 함께 구석에서 성기사와 사제 들을 지켰다. 성기사와 사제 들이 기도를 하며 저주를 해소하기 위해 노력하는 동안에 폭주하고 있는 몬투스를 불안하게 지켜보아야 했다.

로드릭도 가까이 다가왔다.

"어려운 싸움에 끌어들여 미안하군."

"몬투스를 잡을 수 있겠습니까?"

"어려워."

"그게 무슨… 아까는 자신 있다고, 혼자 싸워도 된다고 하셨잖습니까."

"놈이 내 생각보다도 훨씬 강해졌어. 소환된 악마들은 보통 제 실력을 발휘하지 못하는데, 이곳에서 오랜 시간을 머무르면서 능력을 발휘하게 된 모양이야. 과거에는 이 정도까지 강하지는 않았는데……."

"저는 조각술의 연구 기록이 필요합니다!"

"그건 저 뒤쪽의 복도를 통해서 연구실로 들어가야 하네."

탈로쓰의 알들이 쌓여 있는 사이로 길이 하나 있기는 했다.

"그쪽에도 악마병들이 지키고 있지 않겠습니까?"

"그렇겠지. 그리고 몬투스나 다른 놈들이 금방 쫓아올 걸세. 분노로 폭주하게 된 몬투스는 아마도 여기 있는 모두를 죽이기 전에는 멈추지 않겠지. 특히 자네를 더욱 미워하지 않겠나."

연구 기록을 입수하더라도 위드가 미궁을 빠져나가지 못하고 죽음을 맞이하게 되면 퀘스트는 실패였다.

몬투스에게 사로잡혀 죽임을 당하는 악마병들, 그들은 자신들의 대장에게 저항하다가 덧없이 죽어 갔다. 악마병들의 마법은 몬투스에게 별다른 피해를 입히지 못했기 때문이다.

날개에 붙은 불이 아직 꺼지지 않아 활활 타오르는 모습으로 학살을 벌이는 몬투스의 기세는 무시무시하기 짝이 없었다.

그가 막 알에서 깨어난 탈로쓰들까지 죽이는 이유는 너무

나도 뻔했다. 거치적거리는 놈들을 몽땅 없애 버리고 나서 마지막에 로드릭과 위드를 처리하겠다는 뜻이다.

과연 속 좁고 참을성이 없는 악마다운 성격!

"혹시 내가 실패한다면 다음에 몬투스를 사냥하는 사람은 정말 좋겠군."

위드는 그런 생각도 하지 않을 수가 없었다.

현재의 전투는 여러 방송국들을 통해 전 세계에 중계가 되고 있다. 이다음에 올 자들은 몬투스가 쓰는 마법의 특성, 대처법, 생명력과 마나 등에 대한 분석까지 완벽하게 끝내 놓고 싸움을 할 수 있으리라.

부하들도 대부분 해치웠으니, 그들이 보충되기 전에 잽싸게 이곳에 도착만 한다면 승산은 훨씬 높아지지 않겠는가.

물론 그럴 만한 원정대를 구성할 수 있는 길드도 많진 않다. 대단한 용기를 내지 않는다면 로드릭 미궁으로 들어오지 못할 것이다.

위드처럼 처절한 팔자 탓을 하면서 어려운 퀘스트를 그냥 받아들이는 사람이 흔치는 않았다.

위대한 업적

"남 좋은 일 할 수는 없지."

위드는 로드릭의 옆에 붙어서 그의 다친 곳들을 붕대로 감싸 주었다.

"필요 없네. 곧 다시 사라질 몸을……."

"아닙니다. 이렇게 같이 싸우는 전우이지 않습니까."

따뜻한 동료애를 떠올리기 쉽지만 눈에 흙이 들어갈 때까지는 부려 먹어야 한다는 의미!

"전우라… 마법사들은 쓰지 않는 단어로군. 나 때문에 너무 큰일이 벌어지고 말았어."

오만하던 로드릭은 침울한 기색을 감추지 못했다.

"아직 늦지 않았습니다. 일을 바로잡을 수 있는 기회가 있을 겁니다."

"몬투스는 나보다 강하네."

"힘을 합치면 방법이 있을 겁니다."

"너희 정도가 돕는다고 해서 될 일이 아니야."

마법사들은 기사들과는 철저히 다른 성격을 지녔다. 우정이나 의리, 헌신, 충성심보다는 냉정한 상황 판단이 우선이었다.

이길 수 있는 전투에서는 확실히 이기지만, 반대로 불리한 상황을 역전해 내는 면은 부족했다.

"로드릭 님이 세상에 존재할 수 있는 시간도 이제 1시간 정도밖에 남지 않았습니다. 죽을 각오로 싸워 봐야 되지 않겠습니까?"

"죽을 각오라… 난 이미 죽었지."

"다시 세상에 후회를 남기지 않기 위해서도 최선을 다해야 합니다."

"무슨 말인지는 알겠네."

로드릭이 마나를 회복하기 위한 명상을 시작했다.

성기사와 사제 들도 저주를 해소하기 위하여 경건하게 기도를 올렸다.

위드는 휴식을 취하면서 날뛰는 몬투스를 계속 지켜보았다. 그사이에 레드 스타로부터 받는 불의 힘으로 생명력과 마나는 완전하게 보충되었다.

띠링!

-신체가 최상의 상태입니다.

몬투스에게 악마병들이 전멸하고, 덩치를 키운 탈로쓰들도 박살이 났다. 현재도 뒤늦게 알에서 깨어나고 있는 놈들이 있었지만 화풀이를 어느 정도 마친 몬투스의 관심은 이제 로드릭과 위드에게로 향하려고 하고 있었다.

바하모르그도 붕대를 감고 삶은 감자를 먹어 몸이 완전히 정상을 되찾았다. 아르펜 제국의 용사다운 빠른 회복력이었다.

위드는 로드릭에게 말을 걸었다.

"부탁드릴 것이 있습니다."

"무엇인가?"

"우리는 지금부터라도 힘을 합치지 않으면 안 됩니다."

"나는 내 방식대로 싸울 것이네. 전사들과는 같이 싸워 본 적이 없어."

로드릭은 여간해서는 다루기가 까다로운 존재였다. 전설적인 마법사라서 명령을 내린다고 해도 듣지를 않으니 협력을 구하는 것도 어려웠다.

"압니다. 그렇지만 제가 몬투스의 주위에 있을 때에는 가능하면 화염 계열 마법만 써 주셨으면 합니다."

"나는 화염 마법에도 정통해 있으니 그 정도의 부탁은 들어줄 수 있겠지. 시간을 벌어 주는 자네가 있어서 조금 더 상위 계열의 마법을 사용할 수도 있었으니…….”

"감사합니다. 만약 몬투스를 이긴다면 그건 모두 로드릭 님의 공입니다."

비용도 들지 않는 공치사의 말은 부담 없이 해 주었다. 그리고 성기사들에게도 부탁을 해야 했다.

"신의 뜻을 역행하는 악마가 베르사 대륙을 어지럽히게 놔둘 수는 없습니다."

"저희는 언제라도 싸울 준비가 되어 있습니다."

데리안이 대표로 대답을 했다.

그러나 실제로는, 몬투스의 저주들이 완전히 풀리지 않아 아직도 비틀대는 성기사들이 절반을 넘었다. 평소 같으면 전투를 하지 않고 쉬어야 했다.

이러한 상황에서 몬투스 같은 보스 몬스터와 싸움을 벌이라는 것은 죽으라는 것과 다를 바가 없는 명령이다.

"단체로 몰려가더라도 일거에 쓸려 버릴 뿐입니다. 석궁과 신성 마법을 이용한 원거리 지원을 해 주세요."

"그 정도로 되겠습니까?"

"하는 데까지 해 봐야죠."

위드는 성기사들을 무의미하게 죽게 하기보다는 가능한 살리고 싶었다. 그들이 교단으로 다시 돌아가야만 공헌도가 약간이라도 복구되지 않겠는가.

게다가 이제 마지막을 앞둔 전투의 양상도 바뀌었다고 할 수 있다.

'속전속결이다.'

몬투스의 날개는 고작 두 장만 남겨 놓고 다 타 버렸다. 그는 격노에 차서 위드와 로드릭만이 아니라 모든 살아 있는 생명체들을 죽이려고 하고 있다.

물론 처음부터 그럴 마음이었겠지만, 지금은 자신이 위험해지는 것에도 아랑곳하지 않고 막무가내로 공격을 가할 것이다.

살아남기 위해서는 쓰러뜨리는 수밖에 없다.

그리고 벌써 몬투스가 두 팔을 휘저으며 무언가 중얼거리고 있었다.

"블링크!"

위드가 순간 이동을 하는 것이 시작이었다.

"땅에서 새어 나오는 화염, 하늘에서 떨어지는 큰 불길."

로드릭도 화염 마법을 시전했다.

―불의 기운을 흡수하고 있습니다.
 생명력과 마나, 체력의 최대치가 증가합니다.
 힘이 계속 강해집니다.

혼돈의 대전사가 되어 있는 위드에게는 어떤 축복 마법보다도 짜릿했다.

불길을 가르며, 악마를 향해 공격을 한다.

위드는 지금까지 싸워 왔던 그 어떤 적보다도 강한 존재에게 덤비는 것에 푹 빠졌다.

"억압의 각인!"

몬투스는 예상했던 대로 방어에 신경을 쓰지 않았다.

위드와 로드릭의 공격을 그대로 맞으면서 마법을 시전하였다. 그리고 연쇄 폭발이 일어났다.

눈치 빠른 위드는 마법이 발동되는 순간 일찌감치 피해 버리고, 로드릭은 휴식을 취한 덕으로 아직은 자기 자신을 보호할 수 있었다.

성기사들과 사제들은 흩어져서 피해를 줄였지만 미처 몸을 피하지 못하여 마법의 범위 안에 있던 이들은 최후의 신음을 터트렸다.

"커흐흐흑."

"자비로운 프레야 여신이여, 저를 구원해 주소서."

아껴 왔던 사제들도 떼죽음!

"데몬 오브 아이스."

몬투스는 연속으로 공격 마법들을 시전했다. 하지만 광기에 휩싸여 모든 공격을 피하지도 않고 몸으로 받아 냈다.

몬투스의 몸에 붙은 불도 이제는 꺼지지 않았다.

"계속 공격해! 성기사들은 쉬지 말고 석궁을 쏴. 겉으로는 별 변화가 없어 보여도 분명히 약간씩이라도 피해를 입고 있

을 거야. 사제들은 지금은 치료보다는 공격이 우선이다. 신성 마법 공격의 집중! 빨리 해치우는 것만이 희생을 줄일 수 있는 길이야."

위드는 총공격을 지시했다.

성기사와 사제 들의 레벨이 낮다고 해도, 이들 역시 생명을 도외시하고 공격만 한다면 악마와 언데드 계열 몬스터에게 입히는 타격은 무시할 수 없을 정도로 크다.

몬투스는 한동안 로드릭과 위드를 번갈아서 공격했지만 뜻한 바의 성과를 거두진 못하였다.

명상을 하여 마나를 회복한 로드릭은 여간해서는 쓰러뜨리기가 어려웠고, 위드는 치고 빠지면서 교묘하게 유인을 하고 있었기 때문이다.

집단 전투에서 몬투스의 시선을 끌면서 다른 이들이 최고의 공격을 할 수 있게 해 주는 역할을 하는 위드!

아예 정식으로 싸운다면 상대가 안 될 테지만 얼마든지 기꺼이 부하들을 이용했다.

"발게르의 망치!"

몬투스의 공격은 이번에는 사제들을 향했다.

여성 사제들이 모여 있는 곳 위에서 뇌전으로 이루어진 망치가 아래로 떨어졌다.

땅에 떨어진 망치는 사방으로 번개를 일으켰다.

"꺄아악!"

감당할 수 없는 공격에, 보호 능력이 떨어지는 사제들이 죽어 나갔다.

 위드가 낌새를 알아채고 공격했지만 몬투스의 마법을 저지하지는 못했다.

 "바하모르그, 다음에 사제들이 공격을 받거든 네가 버텨 줘야 한다."

 "알겠다."

 바하모르그는 어느 때에나 적의 공격을 막아 줄 수 있는 용사였다. 몬투스의 마법 공격을 한 번이라도 막아 낼 수 있을지는 의문이었지만 명령을 내려야 했다.

 '시간을 끌면 반드시 이길 수 있다. 몬투스가 폭주 상태에 접어든 만큼 가능성이 약간은 있어.'

 위드에게 희망의 빛이 보였다.

 성기사들과 사제들도 신앙의 힘으로 투지를 잃지 않고 악착같이 싸우며 버티고 있었다.

 미궁에 저들을 데려온 것이 얼마나 다행인지 모른다.

 본인이 고생을 하는 만큼, 동료들과 부하들까지 착실하게 써먹는 재능.

 "아무 잘못이 없는 저들까지 해치다니… 나의 호기심이 너무 큰 고통의 대가를 치르는구나."

 사제들이 죽어 가는 것을 보던 로드릭이 갑자기 큰 소리로 외쳤다.

전설적인 마법사인 그는 그만한 실력과 함께 거만한 성격을 가졌다. 하지만 근본적으로 악인은 아니었다. 그의 잘못된 판단으로 몬투스가 소환되어 신의 사도인 사제들까지 해치고 있는 모습을 보자 더 이상 참지 못했다.

"몬투스, 너를 소멸시키겠다. 나의 몸 안에 깃든, 그리고 내가 지배하는 모든 마나를 태우리라. 마나 번!"

마법사가 자신의 몸에 있는 모든 마나로 적을 공격하는 기술이 사용되었다. 로드릭이 몬투스의 행동을 참지 못하고 자신이 쓸 수 있는 가장 강력한 기술을 써 버린 것이다.

보통 마나 번을 쓰면 상대방의 몸에서 큰 폭발이 일어나게 된다.

로드릭이 발휘한 마나 번은 몬투스의 몸에서 태양이 땅으로 내려온 것과도 같은 강렬한 광채를 일으켰다.

너무나도 엄청난 폭발이 한 지점에 집중되어서, 오히려 고요하고 평온하기까지 한 느낌.

"쿠우우!"

마나 번으로 인한 광채가 사라지고 난 이후에 나타난 몬투스는 커다란 상처를 입고 있었다. 왼쪽 어깨를 비롯한 상체의 일부분이 사라졌을 정도다.

"커허헉!"

엄청난 전력이 되어 주었던 로드릭도 피를 토하면서 쓰러졌다.

마나 번 스킬을 사용하고 난 이후의 마법사는 어떤 마법도 사용하지 못하고 한참 동안 무기력한 상태에 빠지게 된다. 그런데 로드릭에게는 하필이면 마나 역류 증상까지 일어나게 된 것이다.

 체내의 마나가 거의 고갈되고 역류하고 있는 이상, 로드릭은 더 이상은 전투에 참여하기가 어려워졌다.

 "블링크!"

 위드는 몬투스의 근처로 이동했다.

 로드릭이 계속 싸워 주지 못하는 이상 어떻게 되든 공격을 하는 것 외에는 방법이 없다.

 "마지막 발악이라도 해 보는 수밖에. 성기사들은 3명씩 나누어서 돌격! 바하모르그, 이제 너도 와라!"

 레드 스타를 휘둘러 몬투스를 공격하며 외쳤다.

 몬투스는 마나 번의 충격 때문인지 아직 정신을 차리지 못하고 있었다.

 "헤라임 검술!"

 위드는 공격력이 중첩되는 헤라임 검술을 시전하면서 일점 공격술을 사용했다.

-하급 악마 몬투스의 심장이 있는 부위를 찔렀습니다.
 방어력이 약화되어 296의 피해를 입힙니다.
 레드 스타가 489의 화염 데미지를 가합니다.

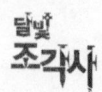

―하급 악마 몬투스의 심장이 있는 부위를 힘껏 내리쳤습니다.
상처 난 부위를 공격하여 457의 피해를 입힙니다.
레드 스타가 869의 화염 데미지를 몸속까지 가합니다.

―하급 악마 몬투스의 심장이 있는 부위를 부술 듯이 베었습니다.
방어력이 붕괴되어 799의 피해를 입힙니다.
레드 스타가 1,129의 화염 데미지를 몸속까지 퍼트립니다.

―치명적인 일격이 터졌습니다!
12%의 피해를 추가합니다.
레드 스타가 1,643의 화염 데미지를 가합니다.

―치명적인 일격이 터졌습니다!
19%의 피해를 추가합니다.
레드 스타가 1,939의 화염 데미지를 가합니다.

―치명적인 일격이 터졌습니다!
24%의 피해를 추가합니다.
레드 스타가 2,402의 화염 데미지를 가합니다.

부상 부위가 많아진 만큼 몬투스의 방어력도 떨어져서 제대로 된 공격이 들어갔다.

위드가 레드 스타로 공격을 할 때마다 몬투스의 몸은 활활 타올랐다. 성기사들이 질주하여 베고 지나가고, 바하모르그도 가까운 거리에서 전신을 두들겼다.

"성령 소환."

사제들의 신성 마법도 몬투스에게 쏟아졌다.

이대로 끝난다면 베르사 대륙에서 악마를 최초로 레이드하는 순간이 된다.

위드는 영광 따위에는 관심도 없었다.

그저 잘 먹고 잘 살고 싶다는 욕심뿐이었다.

"플레임 블래스터."

꽈광!

몬투스가 마법을 쓰는 순간 바하모르그와 성기사들이 폭발과 함께 나가떨어졌다.

바하모르그는 부상만 입고 사망까지는 하지 않았지만, 성기사들은 줄줄이 죽어 나갔다.

마나를 상실한 로드릭도 저항하지 못하고 목숨을 잃었다. 전설적인 대마법사였지만 결국 몬투스를 이겨 내지는 못하고 사라진 것이다.

그리고 위드가 남아 있었다.

―불의 기운을 흡수합니다.
힘이 14% 강해집니다.

위드에게 화염 마법은 축복이나 다를 바가 없다.

"광휘의 검술! 이젠 이겨도 본전이야. 갈 데까지 가 보자!"

"쿠엑!"

몬투스가 몸에서 피를 흘리면서 비틀거렸다.

그는 폭주 상태에서 악마병들과 탈로쓰들까지 해치웠다.

로드릭의 마법 공격에 의한 피해도 꾸준히 누적이 되어 왔고, 신성 마법과 위드가 입힌 피해도 쌓여서 도저히 정상은 아니다.

그렇더라도 한참을 더 버티면서 싸울 수는 있으리라.

"놈이 정신을 차리고 있으니 부상당한 성기사들도 석궁 공격! 사제들도 신성 마법으로 계속 공격하라! 바하모르그, 넌 쉬면서 기다려!"

몬투스는 아까처럼 연속으로 마법을 쓰지는 못했다. 온몸의 부상으로 괴로워하고 있었으며 마법의 위력도 한결 약해졌다.

데리안과 알베론도 모든 힘을 다해서 몬투스를 노렸다.

"너희 모두 나와 함께 가야 한다. 디…스트로이어!"

띠링!

―하급 악마 몬투스가 대파멸 주문을 외우고 있습니다.
자신의 영혼을 바쳐서 그 지역의 모든 생명체들을 파괴해 버리는 주문입니다. 그 위력은 대마법사가 발휘하는 궁극 파괴 마법과 비슷합니다.
대파멸 주문의 완성까지는 앞으로 6분 남았습니다.

대마법사 로드릭도 미궁에서 궁극 파괴 마법을 쓰지는 못했다. 몇 분에 걸친 긴 주문 시간에 방대한 마나, 그리고 매개체를 필요로 했기 때문이다.

궁극의 파괴 마법은 성을 통째로 날려 버릴 정도라고 한다.

몬투스는 자신이 보유하고 있는 모든 마나와 영혼을 희생하면서까지 위드와 적들을 없애 버리기 위해서 대파멸 주문을 외우고 있는 것이다.

위드에게는 밥상을 엎어 버리는 행위였다.

"무차별 공격!"

6분 안에 몬투스를 죽이지 못하면 미궁 전체가 날아갈 판이었다.

조각사들의 연구 기록도 끝. 조각술 최후의 비기도 완전히 사라지게 되어 버린다.

"광휘의 검술!"

위드의 레드 스타에서 빛과 화염이 동시에 터져 나왔다.

"이 지긋지긋한 놈! 그만 좀 죽어라."

위드의 모든 공격은 몬투스의 심장이 있는 부위를 향했다.

악마는 팔다리가 끊어지는 정도로는 죽지 않는다. 머리나 심장을 노려야만 한다.

몬투스의 마법 주문이 진행되면서 미궁 안이 지진이라도 난 것처럼 우르르 떨렸다. 기둥이 기울어져서 무너지고, 천장에서는 돌 조각들이 떨어진다.

성기사들이 일어나서 비틀거리며 달려오고 있었지만 그들은 자신들의 몸에 걸린 저주도 해소하지 못했고 부상도 심하다.

뒤늦게 깨어난 탈로쓰들도 다시 먹이를 찾아서 사냥을 했

다. 잠시 방심하고 있던 사제들이 죽어 나가고, 생명력이 없는 성기사들도 잡아먹혔다.

위드는 그들을 구하러 갈 수가 없었다.

레드 스타로 가하는 위드의 연속 공격에 이제는 붉은 화염 덩이가 되어 버린 몬투스!

커다란 몸이 온통 불로 뒤덮인 악마 몬투스의 생명력은 끊임없이 줄어들고 있었다.

'이렇게 때려서는 없애지 못할 것 같아.'

몬투스의 생명력이 빠른 속도로 감소하고 있긴 하지만 화염에 대한 저항력이 커서 마법이 완성될 때까지도 처리할 수 없을 것 같았다.

혼돈의 대전사로 조각 변신술을 펼치고 레드 스타까지 무장한 지금, 위드는 발휘할 수 있는 거의 최고의 공격력을 내고 있다고 할 만했다. 하지만 부족하다.

'지금보다도 더 강한 공격력… 조각사로서 공격력이 부족하다는 게 이렇게 한이 될 줄이야. 바드레이라면 충분히 이겼을지도 모르는데.'

헤라임 검술과 광휘의 검술을 이용한 일점 공격술까지 통하지 않는다면 몬투스를 시간 내에 없앨 수는 없다.

그때 위드에게 번개처럼 떠오르는 생각이 있었다.

"데리안, 나에게 검을 던져 줘!"

데리안은 탈로쓰로부터 사제들을 지키고 있었다. 그러나

위드가 외치는 소리를 듣자 돌아서서 망설임 없이 검을 던졌다.
"악마를 반드시 해치우셔야 합니다."
그가 던져 준 검은 다름 아닌 루의 신검!
"조각 변신술 해제."
위드는 레드 스타를 검집에 넣은 후에 몸을 다시 인간으로 바꾸었다. 그리고 루의 성검을 잡았다.
바르칸 데모프를 처치하고 획득하여 루의 교단에 돌려주었던 검.
신성력을 온전히 회복한 신검이었다.
조각 변신술을 해제한 이상 블링크를 쓰지 못하고, 생명력도 낮아서 제대로 공격을 당하면 금방 죽어 버리게 된다.
하지만 이 방법뿐이었다.

―루의 신이 이 땅에 내린 검을 쥐었습니다.
 루의 교단에서 신검을 다룰 수 있는 자격을 충분히 인정받았습니다.
 신앙심이 3배가 됩니다.
 태양의 힘을 빌려서 적을 공격하는 스킬을 사용할 수 있게 됩니다.
 투철한 신앙심으로 기적을 일으킬 수 있습니다.
 어둠의 마나를 억제합니다.
 중급 이하의 몬스터를 굴복시킵니다.
 신체의 회복 능력이 2배가 됩니다.

"조각 파괴술! 이 모든 것이 힘이 되어라!"
위드는 품에서 걸작의 조각품, '드러누워 있는 사자'를

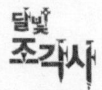

꺼내서 부쉈다.

> -조각 파괴술을 사용하셨습니다.
> 걸작 조각상이 파괴된 고통! 슬픔!
> 예술 스탯이 5 영구적으로 사라집니다. 명성이 100 줄어듭니다.
> 예술 스탯이 일 대 사의 비율로 하루 동안 힘으로 전환됩니다.
> 예술 스탯이 너무 높습니다. 원래 가지고 있던 힘 스탯이 낮기 때문에 한꺼번에 전환이 이루어지지는 않습니다.
> 힘 890이 고급 스킬 7레벨의 '통렬한 일격'으로 바뀝니다. 힘을 잔뜩 실은 공격이 정확히 적중하면 적들을 멀리까지 날려 버릴 것입니다. 마비와 혼돈 상태에 빠지게 만드는 비율을 늘립니다.
> 힘 980이 고급 스킬 6레벨의 '꿰뚫는 창'으로 바뀝니다. 강력한 공격력으로 상대방의 갑옷과 방패를 통째로 부숴 버릴 것입니다.
> 힘 1,430이 고급 스킬 9레벨의 '순간의 괴력'으로 바뀝니다. 짧은 시간 동안 낼 수 있는 최대 힘의 3배까지 쓸 수 있습니다. 막대한 체력을 필요로 합니다.
> 힘 850이 검의 기본 공격력을 극대화시키는 데 활용됩니다. 내구력이 빨리 줄어들게 되겠지만 검의 공격력이 35%까지 늘어나게 됩니다.

위드는 루의 검으로 몬투스를 베었다.

레드 스타의 막강한 공격력도 견뎌 내던 몬투스였지만, 신검 앞에서는 육체가 허물어지고 있었다.

> -하급 악마 몬투스를 베었습니다.
> 통렬한 힘으로 1,469의 피해를 입힙니다.
> 신성한 힘이 상대가 가진 어둠의 마나를 억제합니다.
> 신성력이 악마 몬투스에게 3,921의 데미지를 입힙니다.

루의 신검은 언데드와 악의 세력들에게는 몇 배나 되는 데미지를 입히고, 그를 약화시킨다.

데리안은 레벨은 높았지만 몬투스의 공격을 피할 길이 없어 지금까지 가까이 접근하지도 못했다. 위드가 조각 파괴술까지 펼치며 신검을 쥐자, 이제 공격력은 몬투스마저도 괴롭게 만들기에 충분했다.

"루의 기적!"

전투로 지쳐 있던 위드의 몸에 활력이 샘솟듯이 솟아났다.

―루의 기적이 발현되었습니다.
보유하고 있는 신앙심에 따라 기적이 생겨날 것입니다.
악의 세력과 싸울 때 신성력에 의한 보호를 받습니다.
공격 속도가 빨라집니다.
파괴력이 커집니다.

레드 스타에 인하여 화염에 휩싸여 있던 몬투스. 위드의 공격이 이어질 때마다 제자리에 있지 못하고 계속 뒤로 밀려났다. 남아 있던 날개들도 화염을 견디지 못하고 녹아내린다.

생명력이 상실되는 만큼, 몬투스의 몸은 급격히 붕괴되어 가고 있었다.

대파멸 마법의 완성까지 남은 시간은 1분여!

"이제 그만 끝내자!"

전력을 다한 검이 몬투스의 가슴을 뚫고 들어갔다. 정확히 심장이 있는 부위!

"쿠와아아아아아!"

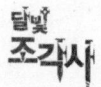

눈을 뜰 수 없는 섬광과 함께 몬투스가 사라져 갔다. 연속된 공격이 그의 생명력을 온전히 완전히 깎아 놓은 것이다.

-레벨이 오르셨습니다.

-레벨이 오르셨습니다.

-레벨이 오르셨습니다.

-레벨이 오르셨습니다.

-로드릭 미궁에 갇혀 있던 하급 악마 몬투스가 소멸되었습니다.

-위대한 업적으로 인하여 명성이 4,190 올랐습니다.

-카리스마가 8 상승하셨습니다.

-투지가 9 상승하셨습니다.

-힘이 4만큼 더 강인해집니다. 전투 중에 스킬 '통렬한 일격'을 몸에 익혔습니다.

-민첩이 7만큼 더 빨라지고, '정확한 공격' 스킬을 터득합니다.

-신앙이 6 상승하셨습니다.

-전투에 참여한 모든 이들의 스탯이 3씩 오릅니다.

―악마 몬투스와 싸워 승리를 거두었습니다.
베르사 대륙에서 가장 뛰어난 전투 승리의 업적을 달성하였습니다.
기사 중의 기사, 론 다이크 경조차도 이루어 내지 못한 거룩하고 성스러운 승리입니다.
용맹한 전투 지휘관으로서 병사들에 대한 지도 능력이 향상됩니다. 기사들도 명령을 따르는 것을 영광으로 알게 될 것입니다.
대륙의 모든 주민들로부터 추앙을 받게 될 것입니다.
베르사 대륙 전체의 음유시인들이 당신을 위한 노래를 짓게 됩니다.
당신의 노래가 울려 퍼질 때마다 명성이 오르고 악명이 조금씩 감소합니다.
기품이 51 증가합니다.
로드릭 미궁에서의 모험을 성공시켰습니다. 모험가들의 우상이 됩니다.
신을 따르는 기사들의 믿음을 얻습니다.

레벨 상승만이 아니라 전투 스킬 습득까지!

몬투스는 주변에 큰 진동을 일으키면서 사라져 가고 있었다. 바르칸에 이어 공교롭게도 몬투스마저도 루의 신검에 의하여 최후를 맞게 된 것이다.

위드는 앞으로 손을 뻗었다.

―악마 투구를 획득하셨습니다.

―피를 머금은 채찍을 획득하셨습니다.

―커다란 다이아몬드 원석을 획득하셨습니다.

―지옥계의 원석을 획득하셨습니다.

지금까지 잡힌 적이 없는 악마 몬투스였기에 어떤 아이템을 떨어뜨렸을지 더욱 기대가 되었다.

"감정!"

악마 투구 : 내구력 290/290. 방어력 161.
하급 악마 몬투스가 남긴 투구이다.
절대적인 강함을 가지고 있는 자만이 착용할 수 있으리라.
악의 힘이 깃들어 있기에 투철한 신앙심이 없다면 몬투스의 하수인이 되어 버릴 수 있는 위험한 물건이다.
신앙심이 부족한 이가 무리하게 착용하면 저주에 걸려서 생명력과 스탯을 잃게 됨.
제한 : 레벨 640.
   힘 1,700.
   신앙심 800.
옵션 : 끝없는 방어.
   적들이 공포에 빨리 휩싸이게 됨.
   부상을 입으면 전투 스킬 강화.
   흑마법, 지옥계의 마법에 대한 내성 강화.
   지혜 +98.
   지식 +115.
   중급 흑마법까지 적은 마나를 소모하여 사용할 수 있음.
   마법 발동 시간 단축.
   모든 전투 스킬의 위력 +12%.
   잃어버리지 않음.
   전투 명성 +8,000.

위드는 적지 않게 만족스러웠다. 악마 투구는 이름만큼이나 대단한 옵션을 가지고 있었다.

> -피를 머금은 채찍이 당신을 거부합니다.
> 악마의 힘이 당신을 밀어내 생명력이 3,696 감소합니다.

대장장이 스킬은 착용 제한을 줄여 준다. 그럼에도 피를 머금은 채찍은 아직 건드릴 수조차 없었다. 위드는 채찍은 그대로 배낭에 넣어서 보관을 했다.

성기사들은 점점 늘어나는 탈로쓰들로부터 사제들을 지키기 위한 전투를 계속하고 있었다.

"여기는 지긋지긋하다. 그만 로드릭의 방으로 가자."

사제들과 성기사들을 뭉쳐서 이동시켰다.

그러자 탈로쓰들은 깨어나는 동족들과 서로 싸움을 벌였다.

이곳의 보스급 몬스터인 몬투스는 소멸되었지만, 그다음으로는 탈로쓰라는 만만치 않은 존재가 그들끼리 싸움을 하여 대장의 자리를 뺏고 뺏기면서 알을 퍼트려 번성하게 되리라.

퀸 탈로쓰, 대장 탈로쓰가 새로 등장할 수도 있다.

위드는 다시는 로드릭 미궁이 있는 쪽은 쳐다보면서 보리빵도 먹지 않을 것이기 때문에 어떻게 되든 상관없었다.

대전을 나와서 위드는 성기사들과 사제들, 그리고 수고한 바하모르그에게 편안한 휴식을 주었다.

몬투스와 싸우기 전에는 최고의 만찬을 차려 주었지만 이

제는 딱딱하고 마른 풀빵을 던져 줬다.

"모두 정말 수고가 많았다. 이 미궁에 들어와서 많은 성기사와 사제 들이 목숨을 잃었지만, 베르사 대륙의 평화를 위협하던 몬투스는 소멸되었다!"

물론 성기사들이 미궁에 들어오게 된 구체적인 이유는 위드 때문이기는 했지만, 굳이 책임을 가려서 이야기할 필요는 없었다.

"오오, 자비로운 프레야 여신이여……."

"루의 밝음으로 우리를 지킬 수 있었나이다!"

"그들의 희생을 헛되게 하지 않기 위해서라도 이젠 전투를 마무리 지을 것이다."

위드는 완전히 휴식을 취하고 몸 상태들을 최고로 만들고 나서 로드릭의 연구 기록이 있는 곳까지 갈 생각이었다.

몬투스가 소멸된 이상 악마병들이 몇 마리 더 나오더라도 그 전투를 이겨 내는 정도는 그렇게 어렵진 않을 것 같았다. 목적지도 가까웠고, 이제 가장 큰 산을 넘어섰다는 희망이 있었다.

"고난을 통하여 루에 대하여 올바른 눈을 뜨게 되었습니다. 밝음을 퍼트리는 루의 검이 되겠나이다."

"프레야 여신이여, 우리를 인도해 주소서."

파아아앗!

성기사들과 사제들에게서 은은한 빛이 뻗어 나왔다.

위드가 전투를 승리하고 스킬도 얻으며 약간 성장한 것처럼, 그들의 경우에는 신의 인정을 받으면서 상급 직업으로 승격을 한 것이다.

 이른바 2차 전직!

 로드릭 미궁에 와서 그들의 레벨도 400대를 넘어섰다.

 "음, 나는 공헌도를 거의 다 써 버렸을 텐데… 다음에 부려 먹을 사람은 좋겠군."

 위드가 그토록 애를 썼지만 성기사와 사제 들은 대폭 줄어, 살아남은 숫자는 다 합쳐도 150명 남짓밖에 되지 않았다. 미궁에서의 전투가 그만큼 위험하고 힘겨웠다는 뜻이리라.

 "인간들이 여기까지 오다니… 죽을 자리를 찾아왔구나."

 "크흐흐흣, 너희를 통째로 잡아먹어 주지."

 "고통을 맛보게 해 주겠다."

 로드릭의 연구 기록이 있는 장소에는 악마병 10마리가 있었다.

 지금까지 악마병들과 어려운 전투를 치러 온 만큼 이곳을 정리하는 것은 그리 어렵지 않았다. 인원은 줄어들었지만 전직까지 하며 능력치가 상승된 성기사와 사제 들이 많았기에 악마병들에게 이전처럼 쉽게 당하지 않았다.

 -로드릭의 연구실에 있는 악마병들을 제압했습니다.

"드디어 왔구나."

위드는 감회가 새로웠다.

로드릭의 연구실에는 온갖 아이템들이 보관되어 있었다.

다른 유저들이 보면 깜짝 놀랄 만한 아이템들이 두꺼운 먼지 아래에 가득하다. 마법 책, 연구 기록, 시약, 마법이 봉인된 보석, 마나석 등의 상태를 확인하고 챙겼다.

고위 마법이 적혀 있는 마법 책은 부르는 게 값일 수도 있다.

마법사들은 남들이 갖지 못한 마법을 발휘하는 것을 아주 좋아한다.

특히 한 종류의 마법이 경지에 오르면 특별한 지식과 지혜를 얻으며 호칭을 얻을 수도 있다.

로뮤나의 경우에는 '불길의 강을 흐르게 하는 마법사'라는 호칭을 얻었다. 그녀가 그렇게 불리는 것을 얼마나 좋아하는지는, 이후로 선술집에 자주 가는 것으로 알 수 있다.

가게 주인이나 점원들도 로뮤나를 호칭으로 부르며 존중을 해 주니 상당한 자랑거리인 것이다.

띠링!

-미궁의 지하 지도를 습득하셨습니다.

로드릭 미궁의 올바른 길을 찾는 지도도 있었다.

"여긴 다시 올 일이 없겠지만 사려는 사람이 있을지도 모르니까 가져가야지. 음, 지금으로써는 가격을 좀 낮게 팔아도 될 것 같군."

남들도 고생을 해 보란 생각!

팔 만한 물품은 식료품과 보급품을 가지고 왔던 마차에 가져가서 몽땅 실었다.

위드는 로드릭이 사용했을 책상에도 앉아 보았다. 나뭇결이나 찍힌 자국을 섬세하게 확인도 했다.

"이 책상, 보통 나무로 만든 것이 아니군. 재질도 좋고 광택도 살아 있어. 바하모르그, 챙기자!"

책상과 의자, 책장과 같은 가구들까지도 남기지 않는 싹쓸이 정신.

띠링!

―조각술과 관련된 연구 기록을 습득하셨습니다.
'로드릭의 미궁' 퀘스트에 필요한 물품을 입수하셨습니다.

이삿짐센터에서 들고 나간 것처럼 말끔하게 정리되어 버린 로드릭의 연구실!

"자주 방문할 수 있는 곳이 아니니 본전은 확실히 챙겨야지. 그리고 이젠 밖으로 나가는 것이 문제인데……."

위드는 지하 지도를 펼쳐 살펴봤다.

"대충 열여섯 번 정도의 싸움만 벌이면 외부로 빠져나갈 수는 있겠군."

공간 왜곡의 특성으로 인해 반드시 왔던 길로 되돌아갈 필요

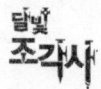

는 없었다. 하지만 함정들이 연달아 작동할 테고 악마병들도 있으니 승급을 한 성기사들이라도 많이 죽어 나가게 되리라.

그렇지만 정말 중요한 임무는 달성한 후였기 때문에 마음이 편했다.

"그리고 어디 보자, 무슨 그림이 있는데……."

연구실의 땅바닥에는 복잡한 문양의 그림과 룬어들이 새겨져 있었다.

"이동 마법진이로군."

외부로 단번에 이동할 수 있는 텔레포트 게이트!

위드도 한때에 프레야 교단과 관련된 모험을 하면서 많이 이용을 했었다.

"이렇게 하는 것이었지."

땅에 박혀 있는 마나석을 누르자, 마나가 문양과 글씨들을 타고 흘렀다.

파스스스슷!

그리고 증폭되면서 점점 위로 올라왔다.

"가자."

위드와 성기사들, 사제들, 바하모르그 그리고 마차들까지, 그 자리에서 씻은 듯이 사라졌다.

―로드릭 미궁을 제패하셨습니다.

잠시 후 위드가 도착한 곳은 로드릭 미궁 근처의 바람 부는 언덕이었다. 살아남은 모든 이들이 무사히 밖으로 빠져나온 것이다.

"우선 퀘스트가 어떻게 진행되는 건지 확인부터 해 봐야지."

위드는 조각술과 관련된 연구 기록들부터 꺼냈다.

미궁 밖으로 나왔으니 당장은 안전해졌다고 할 수 있었다. 이곳에 오래 머무르게 되면 유저들이 그를 찾아올 수도 있겠지만, 그때까지 머무르지는 않으리라.

띠링!

―조각술 최후의 비기와 관련된 연구 기록을 읽습니다.

로드릭이 적는다.

아름다움에 대한 관점은 사람마다 다를 수밖에 없다.

조각술의 한계와 제약을 뛰어넘어, 누구나 다 아름답다고 느끼며 공감할 수 있는 표현법이 있다면 무엇일까.

나 스스로도 패나 겁이 없고 도전적이라고 할 수 있지만 조각사들은 더 원대한 포부를 갖고 있었다.

예술인들을 나약하다고 비웃을지 모르지만, 그들은 기발한 상상력을 바탕으로 어려움을 극복하며 새로운 창조를 해낸다.

세상에서 가장 아름다운 것을 조각할 수 있어야 하는 표현법을 주제로 조각사들과 연구를 시작했다. 그리고 조각사들은 예상했던 대로 황당한 주장을 늘어놓았다.

"찬란한 아름다움을 표현하기 위하여 놀라움을 주는 거창한 조각술을 이야기할 수는 있을 겁니다. 하지만 스쳐 지나보내는 소소한 아름다움이 우리를 조각술로 이끌었습니다."

"별거 아닌 것에 큰 의미가 있지요."

"괜히 또 불안해지는군."

여기까지 읽는 순간, 위드에게는 조각사들에 대한 엄청난 원망이 물씬물씬 일어났다. 그 엄청난 위험을 무릅쓰고 로드릭 미궁까지 다녀왔는데 소소한 아름다움이라니, 얼마나 힘이 빠지는 일이란 말인가.

그러나 아직 실망하기에는 이르기에 위드는 연구 기록을 계속 읽었다.

로드릭의 연구 기록

"아름다움이란 주변의 사소한 것들에도 많이 있습니다. 우리가 제대로 알아보지 못할 뿐이죠."

"바다 위로 반짝이는 햇빛을 보았습니다. 그 후로 그만큼 아름다운 조각품을 만들었는지는 스스로 의문이 듭니다."

"진정한 아름다움이란 너무 빨리 흘러가 버려서도 볼 수 없습니다. 그다음부터는 아련하게 기억으로만 남아 있는 추억이 되어 버리니까 말입니다."

"먹구름에서 떨어지고 있는 빗방울은 얼마나 아름답습니까? 그 빗방울이 수면 위로 떨어지고, 꽃들을 적시고, 나무에 달려 있는 잎사귀들에 모일 때는 정말 아름답지요. 우리는 매일매일 그런 아름다움에 둘러싸여 있으면서도 제대로 보지 못하기 때문에 그저 막연하게 느끼며 지나치는 거죠."

"햇빛이 맑은 날에도 마찬가지입니다. 조각술의 기본이 되는 빛. 우리는 그 빛에 대해서 얼마나 알고 있습니까? 따뜻한 빛이 사물에 비쳐서 만들어 내는 황홀함이란……."

"고요와 적막, 모든 것들이 정지해 있는 찰나의 아름다움을 표현할 수 있다면 좋지 않을까요?"

"찬란한 아름다움의 표현을 위한 방식으로 저도 공감합니다."

"누구나 이런 기억을 갖고 있을 겁니다. 가장 아름다운 것을 보았을 때… 모든 것이 멈춰 있는 듯한 착각을."

"그때처럼 아름다운 것이 또 없지요. 그렇게 세상이 멈춰 있는다면 아름다움을 표현하기가 훨씬 편해질 겁니다."

소소한 아름다움을 이야기하던 조각사들은 세상을 멈추기를 원했다.

그야말로 기발한 상상력이기는 했다.

시간을 멈춰 버린다면 빨리 지나가 버려서 보기 어려운 빛의 아름다움이나 물과 바람의 조화도 만끽할 수 있을 것이다. 세상이 얼마나 아름다운지, 조각사가 보고 주의 깊게 살피고 고찰한 후 표현해 낼 수 있다.

조각사들은 논의 끝에 찬란한 아름다움의 표현법을 결정했다.

모든 것이 멈춰 있는 세상에 오로지 홀로 움직이면서 순간

의 아름다움을 관조하는 것.

시간 조각술!

나 로드릭과 조각사들이 이룩하고자 하는 목표였다.

지독하게 광오하기까지 한 목표!

"커헉!"

위드는 조각사들에게 진심으로 감사했다.

"조각사로 태어났으면 역시 이 정도의 포부는 가지고 있어야지. 매일 비굴하게 조각품만 팔아서는 살 수 없지. 다 죽었어! 이 퀘스트만 성공하면 제대로 한밑천 챙겨 볼 수 있겠구나."

몬투스와의 싸움이 벌어졌을 때, 모라타는 쥐 죽은 듯이 조용했다.

"아……."

"안 되는데……."

"꺄아, 어떻게 해! 성기사들을 구하느라 또 부상을 입었어."

"피하셔야 하는데! 이기지 못하더라도 무사히 살아 나올 수만 있다면……."

선술집에서는 가끔씩 안타까워하는 목소리만 들렸다. 맥

주를 시키는 것마저도 비난을 받을 정도로 조용했다.

과거와는 다르게 새의 형상을 하고 있는 종족들도 보였는데, 그들은 아르펜 왕국에서 새로 선택할 수 있게 된 조인족이었다.

조인족은 발달된 육체적인 능력 외에도 날개를 펼쳐서 하늘을 날아다닐 수가 있다. 평지의 전투에서도 많은 도움이 되었는데, 조인족 궁수, 조인족 투사는 그들끼리 파티를 이루어서 사냥을 다녔다.

새롭게 조인족을 선택하여 캐릭터를 만든 초보자들 사이에서는 아장아장 날갯짓을 하며 나뭇가지에 앉아 있는 것이 인기였다.

인간, 바바리안, 오크, 엘프, 드워프에 이제는 조인족까지, 그렇게 다양한 종족이 모여 앉은 침묵의 시간이 흐르고, 수많은 공방전 끝에 몬투스의 육체가 위드의 공격에 소멸되어 갔다.

위드가 로드릭 미궁을 제패하는 순간, 침묵을 지키던 모라타의 선술집과 광장이 일제히 들썩거렸다.

"만세!"

"통닭 드시고 싶으신 분 마음껏 시키세요! 저 산드라가 쏠게요!"

"바람의정원 선술집 주인 마타고입니다. 요리 스킬 초급 6레벨의 안주 전문 요리사죠. 오늘은 맥주 무제한 공짜입니다!"

"광장에 1,200인분 풀죽이 끓고 있습니다. 어서 나갑시다!"

"특별 할인! 국왕 위드의 퀘스트 완료를 기념하여 잡템 전 품목 매입 가격을 14% 올려 드립니다."

"장검류 판매! 딱 오늘에 한해서 마진 안 남기고 거래합니다. 검날도 갈아 드리며, 숫돌도 3개씩 지급해요. 기회를 놓치지 마세요."

"최저가 사은 행사! 알아보고 오신 금액보다 3골드 적게 팝니다."

아르펜 왕국이 통째로 들썩이고 있었다. 그리고 왕국 소속 유저 전원에게 퀘스트가 발생했다.

띠링!

아르펜 왕국의 궁전

북부 대륙을 제패하고 있는 아르펜 왕국.
신생 아르펜 왕국은 빠르게 영역을 확장하고 있다.
바바리안, 엘프, 드워프, 우호적인 원주민들과, 니플하임 제국 출신의 성들이 포함되면서 방대한 영토를 거느리게 되었다.
인구 증가와 치안 확보로 새로운 도시들이 생겨나고 있다.
국왕 위드는 영명함과 용기로 국가적인 치적을 쌓아 나가고 있다.
아르펜 왕국을 통치하는 상징물이 될 왕궁을 건설하라.
왕국의 국민으로서 가장 중요한 임무가 될 것이다.
난이도 : 국가 퀘스트.
보상 : 국가 공헌도.
퀘스트 제한 : 아르펜 왕국 소속 한정.

위드의 명성과 주민들의 충성심, 왕국의 발전도가 아우러져서 왕궁 건설 퀘스트가 발생한 것이다.

 다른 왕국에서 왕궁 건설이 시작되면 세율이 인상되며 각종 수당들이 만들어진다. 아르펜 왕국은 천문학적인 흑자 규모로 인해 내부적인 자금이 축적되어 가고 있었다.

 위드가 나중에 횡령을 해 가려던 200만 골드!

 그 돈을 밑천 삼아서 왕궁 건설 퀘스트가 시작되었다.

 "어, 이런 게 있었네."

 "오늘부터 또 일하는 거야?"

 "왕궁의 건설 부지부터 정해야죠. 그리고 자재들을 운반해 올 채석장에서 도로부터 뚫어야 되고요."

 아르펜 왕국 유저들은 대형 공사라면 이골이 나 있었다. 지역마다 위대한 건축물들도 세워지고 있었기 때문에 매우 익숙했다.

 "나의 창작욕을 불태웠던 예술품들을 대거 내놓아야겠군. 왕궁의 장식품으로 쓰인다면 부족함이 없지."

 "기사 갑옷을 만들었는데… 이건 팔지 말고 왕실 복도에 전시용으로 납품하면 되겠어."

 예술가들과 대장장이들은 준비되어 있었다.

 도예가 조합, 조각사 조합에서도 기꺼이 나섰다.

 "진흙 굽는 건 저희가 하겠습니다."

 "돌 쪼개는 거야 밥 먹고 매일 하는 일이죠."

건축가 유저들은 따로 모였다.

"정말 호화스럽게……."

"왕궁다운 건물이 필요할 때도 되었습니다."

"현재 견적은 예산에 맞춰서 200만 골드 정도로 예상하고는 있으나……."

"공사 비용이 늘어나는 것쯤이야 항상 벌어지는 일이죠."

"위치는 어느 곳이 좋겠습니까?"

아무래도 입지 요건이 중요하다고 할 수 있었다.

왕궁은 통치의 중심이다.

왕궁에 가까운 곳일수록 왕국에 대한 주민들의 충성도가 높게 유지되어 잘 떨어지지 않고, 그곳을 중심으로 지역 정치에 영향력을 퍼트리게 된다. 현재 북부의 빈 땅이나 마을들이 왕국에 소속되고 있기에 정치 영향력은 매우 중요했다.

왕궁은 경제성장을 촉진하는 역할도 하기 때문에 주로 모라타에 짓자는 의견이 많았다.

"명실상부한 수도로 알려진 도시가 모라타입니다."

"북부에서, 그리고 대륙 전체에서도 모라타는 대도시죠. 이만한 도시에 왕궁까지 건설되면 그 발전력은 대단할 겁니다."

"도로가 연결되어 있고 자재들을 운송하기도 쉽죠. 필요한 인부들도 얼마든 구할 수 있고요. 공사 기간이 아주 짧아질 겁니다."

"하지만 모라타에는 왕궁을 건설할 정도로 넓은 부지가 없어요."

"판자촌을 밀어서라도……."

"그건 안 될 일입니다!"

모라타가 확장되면서 상업 시설이 늘어났고, 중급·고급 주택단지도 생겨났다. 하지만 판자촌은 명물로 계속 남아 있었다.

판자촌의 유저들도 성장을 하다 보니, 복잡한 뒷골목의 벽에 그림도 그려지고 조각상들도 세워졌다.

예술과 문화의 거리로 꽃피워지고 있었다.

"그렇다면 어디가 좋겠습니까?"

"넓게 볼 필요가 있습니다."

모험가와 상인 들까지 가세하여, 풀죽신교 산하에 왕궁건설추진위원회가 만들어졌다.

북부 대륙의 지도를 펼쳐 놓고 왕궁 건설 부지를 선정했다.

"바닷가는 일단 부적합할 것 같습니다."

"항구가 발달하면 그것도 좋지 않을까요?"

"차차 이루어져야 할 문제이지만, 지금은 내륙 쪽에도 개발하지 못한 곳들이 수두룩합니다."

"북부가 잠에서 깨어나고 있는데, 그대로 묻혀 버리는 곳들도 있죠."

북부의 마을들은 그동안 추위와 몬스터로 인하여 괴롭힘

을 당해 왔다.

아르펜 왕국이 건국되면서 영토에 포함되는 곳들이 급속도로 늘어나고 있지만, 몬스터의 침공을 버티지 못하고 전멸하는 마을도 많았다.

마을이 없어지면 수많은 모험과 기록이 사라지는 것이다. 차후에 그곳에 새로운 마을이 건설되더라도 주변 지역에 대한 모험과 정보가 사라져서 시행착오를 겪어야 했다.

"당장은 상업이 발달하지 못했더라도 앞으로 가능성이 높은 곳으로 합시다."

"니플하임 제국의 역사서를 보고 참고하는 것도 좋겠습니다."

"인근에 마을들이 많아야 됩니다."

"큰 강줄기가 흐르고 평탄한 곳으로 정해야 될 것입니다."

아르펜 왕국의 수도를 정하는 것인 만큼 중대한 사안이었다.

"신들의 정원과 바르고 성채의 중간 지역이 어떨까요?"

"북부의 중심은 아닌데요?"

"앞으로 이곳이 중심이 될 수 있을 겁니다. 바르고 성채와 신들의 정원 사이의 거리도 꽤 멀어서 빈 땅은 많습니다."

"도로망도 개통되어 있지요."

"문제는 강을 끼고 있는 평야지대가 그리 넓지 않다는 건데… 방대한 부지에 왕궁이 건설되고 나면 상업 지대와 주택

단지들이 들어설 자리도 필요한데, 모자랍니다."

 북부 대륙의 유저들에게는 광활한 평원들이 익숙했다. 신들의 정원과 바르고 성채 사이에 있는 빈 땅도 모라타 수준으로 매우 넓은 곳이었다.

 하지만 모라타의 급속한 발달을 보고, 지금은 아르펜 왕국 각 지역의 발전을 직접 경험하고 있다. 왕궁이 건설되기만 한다면 도시가 번성하는 것은 금방이었기 때문에 처음부터 최적의 장소를 찾으려고 했다.

"왕궁을 꼭 평야지대에 지어야 될 필요는 없겠죠."

"그렇다면……."

"이곳의 산들은, 제가 직접 가 봤는데 웅장하고 아주 멋집니다. 바르고 성채처럼 험하고 가파른 산들이 아니죠. 이 산들에 걸쳐서 잘 어우러지게 왕궁의 건물들을 짓는 겁니다."

"화려하고 호화로운 왕궁을 자연과 어우러지게 짓는다라……."

"도시를 내려다보는 구조로요."

"높은 곳에 왕궁을 짓겠다면 작업이 쉽지는 않겠는데요."

"그렇지만 최고의 건축물이 될 수 있을 겁니다. 원가절감 따위는 고려할 필요도 없죠."

 아르펜 왕국의 위엄을 상징할 왕궁을 산의 꼭대기에 짓는다. 산을 오르는 길을 따라서 상업지역과 중요한 길드들이 개설되고, 주택단지는 평야 쪽에 만든다.

건축물들을 잘만 지어 놓는다면 왕궁으로서 특색 있고 매력적인 방문지가 되기에 충분하다.

나중에 위드가 왕궁 근처에 대형 조각품을 세워 둔다면 그것도 눈에 확 띌 것이다. 북부를 대표하는 아르펜 왕국의 위엄에 맞는 왕궁이 태어나게 되는 것이다.

"다른 적합한 후보지들도 꽤 여럿이지만 선정에 시간을 오래 들이기가 곤란합니다."

"유저들의 항의가 엄청납니다. 어서 시작하고 싶다고요."

"어서 설계부터 해 보죠."

"오늘부터 며칠간은 야근입니다."

"회사에서도 야근이라면 치를 떨었는데… 아르펜 왕국을 위해서라면 기꺼이 밤을 새워 보겠습니다."

헤르메스 길드에서는 대대적으로 군대를 길러 냈다.

베르사 대륙의 수많은 길드 중에서도 단연 독보적인 힘을 가지고 있는 그들이었지만, 최강으로는 만족하지 않았다. 예정되어 있던 대륙 재패를 위한 무적의 병력을 양성해 냈다.

"드워프들의 무기 생산은?"

"감금한 드워프 대장장이들을 통해 차질 없이 이루어지고 있습니다."

"병력은……."

"사기와 훈련도가 최고입니다."

헤르메스 길드에서는 긴 시간을 들여 병력을 양성하며 물자들을 보충해 왔다.

하벤 왕국, 칼라모르 왕국, 라살 왕국, 브리튼 연합 왕국, 톨렌 왕국에서 거두어들이는 재정 수입을 개발보다는 군대 양성에 우선하여 투입했으니 천문학적인 액수였다.

일반 병사들보다는 엘리트 병사들을 양성했다. 아무리 돈을 많이 들이더라도 징집할 수 있는 인구에는 제한이 있었기 때문이다.

— 엠비뉴 교단으로 인한 마을 전멸.

— 라헤스터 지역의 황폐화.

엠비뉴 교단을 핑계로 소문을 내고 유저들이 찾지 않는 지역에서 병사들을 징집하고 훈련장으로 썼다.

군대가 소모하는 물자 조달과 징병에 엄청난 금액이 들어갔기 때문에 하벤 제국의 부담 역시 막대했다.

라페이가 개최하는 수뇌부 회의에는 100여 명의 기사와 군 지휘관들이 참석했다.

"이번 전쟁은 성전으로 부릅니다. 그리고 하벤 제국은 대륙 전체를 일통하게 될 때까지 진군을 멈추지 않을 것입니다."

"개시일은 언제입니까?"

하벤 제국과 국경이 맞닿아 있는 왕국만도 여럿이었다.

이제는 제국이 너무 커져서 1개 왕국씩 상대를 할 수는 없다. 전쟁을 일으키지 않겠다는 선언을 깨뜨리고 하벤 제국이 다시 점령을 개시한다면 연합군이 결성될 것은 너무나도 당연하기 때문이다.

그럴 바에야 모든 국경에서 동시 침략을 개시한다.

연합군이 결성되고, 그들의 전력이 모이기까지는 차일피일 상당한 시간을 필요로 한다. 연합군이 정신을 차리지도 못하도록 전격적인 진격으로 주도권을 가지고 전쟁의 승기를 잡는다는 계획.

이번에는 다시 전쟁을 멈추더라도 믿을 사람이 없을 테니 파죽지세로 끝까지 밀어붙이는 것만이 남았다.

"시기로는 위드가 모험을 완수하고 그것으로 떠들썩해 있는 지금이 기회입니다."

고레벨 유저들에게는 배가 아픈 일이지만, 로드릭 미궁을 최초로 제패한 위드의 명성은 끝을 모를 정도였다.

명문 길드가 나서도 실패한 일을, 비록 NPC들의 도움을 받았지만 스스로 이루어 냈다. NPC들을 끌어들여서 지휘를 한 것 역시 위드 자신의 능력이 바탕이 된 것이기 때문에 찬양의 목소리는 더욱 높았다.

베르사 대륙의 시골 마을 주민들까지 이야기를 하고 있는 것은 물론이고, 각 방송국들 역시 마찬가지였다. 전혀 상관없는 초보자들의 성장법에 대한 방송을 하면서도 위드의 이야기가 열 번씩 나올 정도였다.

로열 로드를 하는 유저들에게 가장 존경하는 사람이 누구냐고 묻는다면 위드의 인기는 단연 압도적이리라.

"사람들의 관심이 위드에게 향해 있는 것을 이용합니다. 자세한 공격 개시일을 밝히기에는 이르지만 열흘 안으로 시작될 테니 군대들이 일제히 국경으로 이동하여야 합니다."

전쟁 계획서에 따라서 미리 각 왕국을 상대할 군대들도 편성이 되어 있다.

헤르메스 길드에서 준비한 정예 병력만 무려 400만에 달했다. 은밀히 동맹을 맺은 하부 길드들까지 합한다면 병력은 엄청날 것이다.

시간의 조각술!

조각술 최후의 비기로서 조금도 아쉽지 않은 스킬이란 느낌이 왔다.

"시간이 멈춰 있는 세상이라······."

어떤 식으로 발동이 될지는 모르지만 이런 상상은 누구나 한 번쯤 해 본 적이 있을 것이다.

정말로 세상이 멈춰 버려서 혼자만 움직일 수 있다면 뭘 해야 할지에 대한 고민.

조각사들도 무궁무진한 상상력을 바탕으로 찬란한 아름다움의 표현법을 정했던 것이다.

"은행부터 털어야 될까. 아니야, 백화점에 가서 돈과 귀금속, 물건을 몽땅 쓸어 오는 것도 괜찮지. 현금과 금괴를 집안에 가득 쌓아 놓는다면 밥을 먹지 않아도 배가 부를 것 같아."

금괴를 실어 오다 넘어져서 다치더라도 환하게 웃을 수 있을 것 같았다.

위드는 로드릭의 연구 기록을 계속 읽었다.

시간 조각술이 나온 것은 천만다행이라고 할 수 있는 점이지만, 어떤 페널티가 생기는지도 매우 민감한 부분이었다.

스쳐 지나가는 아름다움을 놓치지 않게 시간 조각술을 완성하려고 했지만 이내 벽에 막히고 말았다.

무슨 수로 세상에 흐르는 시간을 멈추게 할 것인가.

결론은 있지만 이루어 낼 수 있는 방법이 없다. 그리하여 시간 조각술에 대해서는 포기하고, 자라나는 식물의 조각술에 대한 논의도 이어졌다.

화사한 향기를 퍼트리는 식물이 자라난다면 그것 또한 아름답지 않겠는가. 조각품이 아니라, 조각 식물이 갈수록 아름답게 성장을 하는 것이다.

"안 돼!"

위드는 비명을 지르고야 말았다.
잘 나가다가 이게 무슨 논두렁이란 말인가.

 예술을 위하여 식물들을 가꾸는 것도 의미가 큰 일이라고 하겠다.
 삭막한 땅에 뿌리를 내리고 꽃봉오리를 터트리는 식물들은 대륙의 사람들에게 적지 않은 위안이 될 것이다. 대륙이 전화에 휩싸이더라도 조각 식물들은 깊게 뿌리를 내리고 자랄 수 있을 것이라는 믿음을 가졌다.
 그러다가 어떤 조각사가 말했다.
 "그런데 꽃이 지고 나면요?"
 "꽃이 떨어지면 그 후에도 아름답다고 할 수 있을까?"
 "식물을 가꾸는 건 농부나 조경사도 하는 일인데……."
 "우리는 미적 탐구를 위하여 하는 게 아닙니까. 식물들을 바탕으로 해서 예술을 하는 것이죠."
 이틀 동안 꽃과 나무에 대한 논쟁이 이어졌다. 그리고 누군가가 말했다.
 "활짝 피어 있는 꽃도 며칠이 지나면 시들어 버리고 맙니다. 우리의 주변에 스쳐 지나가는 아름다움을 놓치지 않을 수 있는 시간 조각술이야말로 조각사들을 위하여 더 필요한 것이 아니겠습니까?"
 "그것도 그렇네."

"하지만 어려움이……."

"예술과 아름다움은 그냥 이루어지지 않습니다. 대가가 필요하다면 무엇이든 치러야지요."

"시간 조각술에 대하여 다시 궁리를 해 봅시다."

조각사들은 다른 분야에도 상당한 지식과 재능을 가진 이들이 많았다. 지리와 역사, 건축에 조예가 깊었으며, 검과 마법, 정령술 실력이 뛰어난 경우도 있다.

다재다능한 천재들이 모여 시간과 관련된 연구를 계속했고, 나도 마법에 대하여 그들이 필요로 하는 것을 조언해 주었다.

그리고 10년 정도가 흘렀다.

내가 겪어 본 조각사들은 그야말로 집요하다고밖에는 말할 수가 없었다.

모험 기록과 역사서, 마법 이론서 등을 뒤적였으며, 대륙의 오지로 떠났다가 돌아오지 못하는 자도 있었다.

예술품을 탄생시키기 위해서는 이 정도의 열정, 혹은 광기는 필요한 것이리라.

그들은 이미 최고의 조각사들이었다. 나는 그들에게 왜 이토록 연구에 매달리는지를 물어보았다.

"조각술에는 불가능이 없기 때문이오."

"역사를 통해… 조각술은 꾸준히 쇠퇴하고만 있지. 귀족들도 조각품보다는 그림을 선호하고 있고. 언젠가 후배 조각사에게 우리가 해내지 못한 찬란한 아름다움을 표현할 수 있는 길을 열어 주고 싶소이다."

우리는 연구를 통하여 시간 조각술에 대하여 알아내진 못했다.

그러나 인간, 엘프, 드워프를 비롯하여 셀 수 없을 정도로 많은 이종족들, 세상에 문자로 기록되어 있는 모든 것들을 살펴본 끝에, 마침내 단서를 찾아냈다.

노들레와 힐데른.

시간의 한계를 벗어나서 영원히 함께하려고 했던 연인들의 이야기.

그들만이 시간 조각술의 유일한 단서가 될 수 있으리라.

로드릭의 연구 기록은 그곳에서 끝이 나 있었다.
띠링!

보로타 섬의 연인들
로드릭의 연구 기록은 믿기 어려운 사실들을 알려 주고 있다.
노들레와 힐데른.
시간의 한계를 벗어나려고 했던 연인들에 대하여 조사하라.
로드릭은 이를 위하여 몇 가지 단서들을 남겼다.
난이도 : 조각술 최후의 비기 퀘스트.
퀘스트 제한 : 사망했을 시에는 퀘스트 실패.

위드는 연구 기록이 담겨 있던 상자에서 몇 가지 아이템을 꺼냈다.

자이언트 파이어 골렘 소환 스크롤.

유성 소환 스크롤.

보로타 섬 주변 지도.

밤하늘의 별 이야기 #73.

멈춰 버린 나침반.

보로타 가문의 저택 열쇠.

시간의 모래.

"커헉!"

위드의 눈에 먼저 들어온 것은 마법 스크롤이었다. 찢기만 하면 봉인되어 있는 마법이 작동되는 스크롤.

자이언트 파이어 골렘이라면 지금 소환할 수 있는 유저는 아무도 없다.

로드릭을 부활시켜서 전투를 할 때 본 바에 따르면, 바하모르그 못지않은 대단한 전투력을 가지고 있었다.

"그리고 이 유성 소환이란 설마… 내가 생각하는 그런 건 아니겠지. 괜히 기대하면 안 돼. 어디 엘프들이 기르는 동물이나 몬스터의 이름이 유성일지도 몰라. 감정!"

위드는 유성 소환 스크롤을 살펴봤다.

유성 소환의 마법이 봉인되어 있는 스크롤
대마법사 로드릭이 자신의 최고 마법을 봉인해 놓았다.
스크롤을 만들기 위하여 수많은 실패를 거듭하여, 현재 존재하는 단 하나뿐인 유성 소환의 스크롤.
스크롤을 찢게 되면 중형 이상의 유성이 지상으로 소환됨.
사용 시 주의 사항 : 마법이 일단 발동되면 중간에 취소가 불가능함.
정확도가 매우 낮음.
광범위한 지역의 초토화.

"이건 진짜구나."

짝퉁이나 모사품이 아닌 진짜 스크롤!

"유성 소환이라면 성 하나도 없애 버릴 수 있을 텐데."

위드는 만약 모라타에 유성 소환 마법이 시전된다면 어찌 될지 상상해 보았다.

밤하늘을 가로지르며 긴 꼬리를 가진 붉은 유성이 도시를 강타한다. 어렵게 지은 건축물들이 순식간에 스러지고, 사람들이 떼죽음을 당하게 되리라. 광장을 비롯한 모든 것들이 형체를 알아보지 못할 정도로 파괴될 것이다.

"그리고 시간 조각술을 얻기 위해서는 이 단서들을 조사해 봐야겠군."

위드는 베르사 대륙의 주민들이 하는 이야기를 들은 적이 있었다.

"가장 사랑한 연인들? 노들레와 힐데른이지."

"그들은 집안의 반대에도 불구하고 영원히 함께했다고 해."

"아랫집 아가씨가 요즘 연애를 하는 모양이더군. 노들레처럼 착한 남자를 만난다면 좋을 텐데."

주민들이 뜬금없이 하는 말들에도 노들레와 힐데른, 보로타 섬의 연인들에 대한 이야기가 나왔다.

모험가들은 그들에 대하여 관심도 가졌던 모양이지만, 연인들이 보로타 섬에서 떠난 이후의 종적에 대하여서는 알려져 있지 않았다.

"아주 흥미로워."

유병준은 위드의 모험을 보고 나서 몸이 들썩였다.

로열 로드를 창조하고 난 이후로 직접 그 세계에서 플레이하지는 않았다. 자신이 만들어 낸 세상에서 활동하는 사람들을 지켜보며 대리 만족을 느낄 뿐이었다.

"로열 로드를 직접 해 봤다면 지금의 기분이 더 선명해졌을까?"

인공지능이 띄워 주는 여러 화면들을 통해 위드의 일거수일투족을 세밀하게 관찰했다.

놀랍게도 위드는 대부분의 상황에서 꼭 있어야 할 위치에 존재했다.

―악마병 피오커가 죽기 직전입니다. 남은 생명력 1,439. 위드가 공격합니다.

인공지능이 알려 준 장소에 위드는 전광석화처럼 나타났다. 순간 이동이 가능한 블링크가 있기 때문에 나타나는 자체는 문제가 아니지만, 혼전의 와중에도 죽기 직전의 악마병을 놓치지 않을 수가 있다니.

"그것도 최고의 전투력을 발휘하면서… 병력을 지휘까지 하면서 말이야."

성기사와 사제 들은 버티기가 어려울 것이라고 여겼다. 악마병들이 많고, 탈로쓰가 깨어나고 있기 때문이다.

몬투스는 앙숙 관계인 로드릭이 상대한다고 해도, 악마병들의 파상 공세에도 성기사들은 기적처럼 수비를 해냈다.

물론 그동안 미궁에서의 전투 경험이 쌓여 있었기 때문에, 성기사들이 스스로의 지능과 전투 경험에 의하여 최고의 전력을 보인 것일 수도 있다. 사제들과의 협력과, 실제로도 악마병과 전투를 벌이며 스스로의 신앙심에 의해 믿는 신에게서 특별한 축복이 부여되기도 했다.

하지만 정말 중요한 것은 철벽처럼 진형을 짜고 무너지지 않았다는 점이다.

악마병들의 공격이 집중되는 곳에는 세 겹 이상의 방어벽을 치고 사제들의 치료와 보호 마법을 집중시켰다.

약한 병력을 데리고도 적들을 필요에 따라 요리할 줄을 알

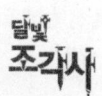

앉다.

 악마병들은 강하긴 하지만 개별적으로 전투를 하기에 미끼를 던져서 유인도 하고, 진형을 변화시키며 적극적인 공격으로 섬멸도 한다.

 특별히 대단한 전술로 상황을 뒤집어 버린 것은 아니더라도, 병력 관리와 수비 능력에 대해서는 탁월하다는 말밖에 나오지 않았다.

 전투 시간대별로 병력 편성과 진형 변화를 인공지능을 통해서 보면 소소한 곳까지도 꼼꼼해서 여간해서는 실수가 없었다.

 "성기사와 사제 들이 줄어들고 악마병들이 지칠 때마다 맞춰서 대처를 하는군."

 위드에게 재능이 있다면 천부적인 노가다의 자질, 병력 운용, 과감한 판단력, 스스로의 전투 능력이었다. 거기에 조각사로서 얻은 여러 스킬과, 모험마다 성공을 거두며 축적된 과도한 명성까지 있었으니 사람들이 열광하는 것은 당연했다.

 "대륙 다른 곳의 반응들은 안 봐도 알겠군."

 유병준은 아스텔로이드의 광장 정도만을 살펴보았다.

 8대 미궁의 최초 정복자, 악마 퇴치의 영웅담!

 "크으, 이 대륙에 모험가 위드, 조각사 위드, 바로 그 위드 님이 계셔서 다행이야."

 "엠비뉴 교단이 아무리 날뛴다고 해도 나중에 위드 님이다 정리해 줄 테지."

"로드릭 미궁! 인간 세상의 지옥이라 불리던 그곳도 위드 님에 의해 평정되었다고 하는군."

"어서 빨리 모험에 대한 노래를 듣고 싶어. 어떤 바드가 로드릭 미궁의 모험에 대한 노래를 작곡해서 퍼트린다면 상당한 인기를 누릴 수 있을 텐데."

위드가 이루어 낸 것이 엄청난 만큼 베르사 대륙의 주민들을 포함해 유저들도 모두 그와 관련된 이야기를 하고 있었다.

지금까지 위드가 모험을 성공하고 방송이 이루어질 때마다 탐험과 모험의 대열풍이 불었다. 미개척지였던 북부에 지금처럼 사람이 많아진 것은 모라타의 발전도 이유로 들 수 있지만, 위드를 보고 빠져들었기 때문이다.

그렇기 때문에 상식적으로는 전혀 납득이 가지 않는 교리의 풀죽신교란 단체까지 형성된 것이 아니겠는가.

일반 대중, 북부 대륙의 유저들이 당연히 가입하는 단체 풀죽신교.

그 세력도 다양하여 보석사탕이라는 유저가 이끄는 풀죽 원리주의자까지 나타났다.

로열 로드를 시작하고 나서 풀죽이 아닌 음식은 일절 입에 대지도 않는다는 풀죽신교의 극단주의 세력!

풀죽신교는 자유와 개척, 모험, 문화를 대외적으로 존중한

다. 그렇지만 내실을 보면 엠비뉴 교단 못지않게 극단적으로 위드를 추앙하는 무리로 구성되어 있다고밖에는 볼 수 없다.

아르펜 왕국에서 시작한 초보자들이 아무 생각 없이 풀죽 신교에 들어가게 되면, 위드 만세를 외치면서 기꺼이 세금을 납부하는 것이다.

지금까지 위드가 통치자로서의 역량을 제대로 보여 준 적은 없다. 그저 조각술로 모라타를 알리고, 막대한 개인 재산을 쏟아부어 도시 발전의 기반을 닦았다. 그리고 유저들이 지속적으로 유입되면서 아르펜 왕국의 국왕까지 되었지만, 내정 부분에 대해서는 크게 알려진 바가 없었다.

하지만 전반적으로 돌아보면 위드의 통치적인 역량도 높게 평가할 수밖에 없다.

여러 특색 있는 광장들로 분화된 모라타의 도시 기능을 미리 준비하였고, 치안도 최소한의 금액 투자로 무리 없이 유지해 왔다.

예술 회관을 건립하여 문화 발전을 자극하고, 위대한 건축물도 지어서 유저들의 유입을 계속 늘려 나갔다.

낮은 세율과 모험에 대한 높은 보상으로 개척 정신을 자극해 왔다.

도시의 재정이 빈약했음에도 꼭 필요한 건물들에는 돈을 아끼지 않았다.

간간이 대형 조각품으로 유저들의 마음을 하나로 묶어 왔기에, 모라타에서 시작했던 초반 유저들의 충성심은 남다를 정도였다.

그들이 모라타에서 시작했을 때만 해도 주변은 황무지였고 별로 볼 것도 없었지만 지금은 모든 것이 완전히 뒤바뀌었다. 도시와 함께 성장한 기분마저도 들게 하니 그들은 절대 다른 곳으로 떠날 수가 없으리라.

멀리 가더라도 북부를 탐험하고 다시 모라타로 돌아오는 정도가 고작이었다.

판자촌처럼 별로 큰돈이 들어가지 않는 주거지역을 설정하여 초보자들까지 챙기는 국왕이라는 인식을 심어 준 것도 중요했다.

다른 도시와 왕국에서 시작한 초보자들은 매우 가난하다. 자기 집 마련은 한참이나 후에 여유가 생기면 하는 수밖에 없다.

하지만 모라타와 아르펜 왕국에서는 집을 금방 구할 수가 있다. 판자촌이라고 해도 특별히 시설이 낙후되지도 않았으며, 도심에서 멀지도 않다.

전망이나, 유저들이 꾸며 나가는 판자촌의 소소한 거리들은 여행지로도 각광을 받는다.

이것만으로도 모라타는 살기 좋고, 다른 지역보다는 물가가 저렴하다는 인식이 확 퍼졌던 것이다.

폐허였던 모라타와 북부를 이렇게 바꾸어 놓은 것이 위드

이다.

"설마 이 모든 것들을 철저히 계획하고 이끌어 온 것은 아니겠지. 아무튼 갈수록 지켜볼 만하군."

유병준은 느긋하게 구경을 하기로 했다.

위드가 항상 실패하고 몰락하고 망하는 것을 기다려 왔다. 하지만 정작 몬투스와 싸울 때에는 이기길 기대하면서 응원을 하게 되었을 정도였다.

다크 게이머 연합에서는 아르펜 왕국을 적극 지원했다.

제목 : 아르펜 왕국의 알려지지 않은 사냥터

제목 : 턱수염 던전으로 오라. 당신도 한밑천 잡을 수 있다

제목 : 레벨 업? 300대에서 400대까지. 이곳이면 충분

제목 : 북부 대륙 주요 아이템 획득 장소 정리

다크 게이머 연합의 상위권 유저들, 그들이 북부에서 탐험을 하고 얻은 정보들을 게시판을 통하여 공유했다.

"음, 여기로 가야 되겠군."

"안 그래도 텃세에 징그럽게 시달리던 참이었는데… 북부라. 꽤 멀긴 하지만 가 볼까."

"사람들의 평판이 좋은 데에는 이유가 있겠지."

베르사 대륙 전역에 흩어져 있던 다크 게이머들이 아르펜 왕국으로 모였다.

다크 게이머들도 성향이 아주 다양한 편이었다.

위험한 모험을 즐기기도 하고, 남들이 택하지 않는 엉뚱한 선택도 한다. 바드로 활동을 하며 주민들로부터 쉽게 정보를 얻어 내서 파티 사냥으로 해결하는 부류도 있었다.

그렇지만 다크 게이머들 중에서도 다수를 차지하는 이들이 어디에 가든 묵묵히 사냥을 선호하는 쪽이었다.

그들이 아르펜 왕국에서 사냥을 하며 확연한 변화가 생겼다.

"중급 이상의 물방울 보석 목걸이 판매합니다."

"마법 인챈트 도와주는 지팡이 구하시는 분, 귓속말 주세요."

"대장장이용 재료 아이템들 팝니다. 물량 상당히 있으니 5,000골드 이상 구매하실 상인이나 대장장이분 오세요."

광장에서 판매되는 물품들이 고급화되었다.

거래가 잘되는 무기류, 재료 아이템이 많이 나오는 던전을 다크 게이머들이 싹 쓸어 오기 때문이었다.

아르펜 왕국의 던전들도 다크 게이머들에 의하여 속속 발견되었다.

일반 유저들이 발굴해 내는 던전도 많긴 했지만, 영토가 워낙 방대하니 대신 치안이 불안정하다. 몬스터들의 집단이 몰려다녔으며, 엉뚱하게 너무 어려운 던전에 가면 함정과 곤란한 마물들이 나타나서 죽음을 경험하기도 한다.

반면에 다크 게이머들은 던전에서 밥을 먹으며 사냥과 모험만 하는 무리이기 때문에 경험이 많고 익숙했다. 지형과 역사, 주변 몬스터들의 특성에 맞춰서 철저한 준비를 하고 던전을 발굴해 내는 것이다.

그들은 상점들의 거래 이용도 엄청났다.

한번 사냥터로 가면 배낭 가득 아이템을 들고 돌아온다. 물론 사냥터로 향할 때에도 숫돌이나 음식, 탐험 도구, 함정 해체 도구, 붕대, 마법 스크롤 등을 상당히 많이 구입했다.

판잣집을 장만하거나 연극, 음악 공연 등을 즐기지는 않았지만, 아르펜 왕국의 세금 수입 증대에 혁혁한 공로를 세우고 있었다.

위드는 다음 퀘스트를 하기 위해, 그리고 살아남은 성기사와 사제 들을 보내 주기 위해 모라타로 돌아왔다.

미궁에서의 퀘스트를 끝냈으니 루의 교단과 프레야 교단에 방문을 해야 하는 것이다.
　"공적치가 많이 깎였겠군."
　미궁을 성공적으로 정복하고 돌아왔다는 점이 그나마 위안거리였다.
　방송을 통해 지켜본 시청자들은 위드의 카리스마적인 지휘 능력에 감탄하지 않을 수가 없었다. 병력을 세세한 부분까지 완벽하게 운용하면서도 전투의 흐름에 맞춰 가는 것은 보통이 아니기 때문이다.
　강한 몬스터들과 싸우면서 병력을 운용하여 이길 수 있는 기회를 포착하는 눈썰미는 아무리 칭찬을 해도 모자랐다. 위드에게는 여러 능력이 있지만 가장 두려운 것이 지휘력이라고 엄지손가락을 치켜들 정도였다.
　"위드에게 부하들만 있으면 웬만한 퀘스트는 못 깨는 게 없을 거야."
　"응. 혼자서도 강한데 부하들까지 거느리면 진짜 못할 게 없지."
　"그러면서도 1명도 허투루 죽게 하지 않잖아."
　"인명을 소중하게 여기니까."
　방송을 보고 이런 반응까지 나왔다.
　"전쟁의 신 위드가 이끄는 사냥 파티에 들어가 보고 싶다."
　"정말. 원정대라도 구성하면 랭커들로 가득 찰 텐데."

"지금까지 절대 못한다던 모험 같은 것도 위드 님과 같이 한다면 해낼 수 있을걸."

위드의 속마음을 모르니까 다행이었다.

'몽땅 미끼로 써서라도 퀘스트를 완료하려고 했는데…….'

위드가 모라타에 도착하여 성문을 통과하여 큰길을 걸었다.

웅장한 건축물들이 지어져 있는 북부 최고의 도시!

평소에는 상인 마차들로 붐비는 이곳 도로에 사람들이 몰려나와 있었다.

"우왓, 축하드립니다!"

"위드 님 만세!"

"성공하고 돌아오실 줄 알았어요!"

유저들이 길가에 서서 꽃가루를 날렸다.

위드가 다시 모라타로 돌아올 것이란 믿음으로 인근에 피어 있는 야생화의 꽃잎들을 따 와서 기다리고 있다가 거리에서 뿌리고 있었다.

위드는 꽃가루와 박수, 환호성을 받으며 대로를 걸었다.

큰 승리를 거두고 감격스러운 개선 행진!

풀죽신교에서 마련한 행사로, 사람들이 대거 몰려나와 있었다.

초보자들은 그들의 우상과도 같은 위드를 보기 위하여 건물의 옥상과 성벽 위에 서 있었다. 언덕의 판잣집들에도 위드를 보기 위한 군중으로 가득하다.

위드의 인기를 반영하듯이, 모라타가 마비될 정도의 환영 인파였다.

"뭘 이런 걸 다 준비했는지……."

위드의 입가에 그다지 기쁘지 않은 미소가 맺혔다.

"이 시간에 사냥을 했으면 거둬들였을 세금이 얼마인데."

그렇지만 모라타만이 아니라 아르펜 왕국의 20여 개 도시들에서 세금이 들어오고 건축물이 지어지고 있다. 퀘스트가 발생하고 교역이 이루어지면서 왕국은 건실한 성장을 하고 있었다.

북부 대륙이 넓은 만큼 확장할 수 있는 공간에도 여유가 많았다.

위드는 성대한 환영 행사를 마치고 루의 교단에 방문했다.

대신관이 그가 오기를 기다리고 있었다.

"험하고 힘든 모험을 끝냈다는 소식은 듣고 있었습니다, 형제여."

"저의 공이 어디에 있겠습니까. 루의 기사들이 있었기에 평화를 위협하는 이를 처단하는 데 성공했습니다."

"많은 피가 흘렀지만 평화가 공짜가 아니라는 것을 알게 되었겠지요. 성기사들의 경험은 앞으로 교단의 발전을 위해서도 필요했을 것입니다. 그리고 루의 교단에서 자라나는 아이들은 정의를 수호하기 위하여 기꺼이 검을 들 것입니다."

띠링!

> -루의 교단과의 공헌도가 892 감소하였습니다.
> 교단의 명성과 명예가 높아집니다.
> 포교 활동이 더욱 활발하게 진행되며, 신도들이 늘어나게 될 것입니다.
> 큰 경험을 쌓은 상급 성기사들로 인해 새로운 퀘스트가 발생할 수 있을 것입니다.

생각보다는 공헌도 감소치가 적었다.

살아남은 성기사들이 승급을 하였기 때문이리라.

루의 교단에서 진행할 수 있게 된 새로운 퀘스트도 많이 생겨났다.

포블란 섬의 악마 소탕.

이데인의 실종자들.

엠비뉴 교단의 제3지파 본거지 파괴.

잘못된 희생.

난이도 A급에서 S급의 퀘스트들!

위드에게만이 자격이 주어져 있었다.

"대륙의 평화를 지키기 위하여 제가 돌아다녀야 할 곳이 많군요. 그러면 다음 기회에 또 뵙겠습니다."

"루의 축복이 항상 그대에게 함께하기를."

위드는 지금으로써는 루의 교단에 있는 퀘스트를 할 처지가 아니었으므로 그냥 나왔다. 그리고 프레야 교단에도 방문했다.

"프레야 여신님의 가호 덕분에 무사히 돌아올 수 있었습니다."

"너무도 피해가 크군요. 위드 님에 대해서 믿고 있었건만……."

프레야 교단의 대신관은 질책을 했다.

그도 어쩔 수가 없는 것이, 사제들은 모두가 프레야 교단의 소속이었다. 전투 중에 희생된 사제들이 많았기 때문에 평판이 더 떨어질 수밖에 없었다.

"그래도 프레야의 인정을 받은 위드 님이 살아서 돌아온 것이 다행입니다. 앞으로도 교단을 위하여 많은 일을 해 주시리라 믿습니다. 그리고 프레야 교단을 책임질 알베론이 큰 경험을 쌓고 무사히 돌아온 점도 희망적입니다."

띠링!

―프레야 교단과의 공적치가 2,493 감소하였습니다.
북부에 내리는 프레야 교단의 축복과 은총이 줄어들 수 있습니다.
큰 희생으로, 프레야 교단 사제들의 활동이 위축될 것입니다.

루의 교단보다는 프레야 교단에 축적해 놓은 공적치가 훨씬 높았기에 큰 문제는 아니었다.

현재 아르펜 왕국 내 프레야 교단의 교세는 거의 국교라고 해도 될 정도였다. 하지만 성기사와 사제 들이 많이 죽어 나가서 활동이 위축된다면 경제활동과 모험에서 많은 페널티를 감수해야만 한다.

"뭐, 어쨌든 해결은 되었군."

위드에게는 이제 조각술 최후의 비기를 찾아내는 것만 남았다.

하벤 제국의 황궁이 건설되는 날, 헤르메스 길드는 기습적으로 선언했다.

평화를 간절히 바라는 마음으로 우리는 전쟁을 중단하고 지켜보기로 했다. 하지만 대륙은 매일 피에 젖어 있었다.

영토 욕심에 눈이 멀어서 싸우는 무리, 엠비뉴 교단의 폭거!

유저들이 편안히 머무를 수 있는 장소는 갈수록 좁아지고 있다. 이는 우리 헤르메스 길드가 바라는 바가 아니다.

무릇 힘을 가졌다면 그만한 책임이 뒤따르기도 하는 법.

헤르메스 길드에서는 대륙을 안정화시키기 위하여 다시 나서기로 했다.

우리의 뜻을 이해하지 못한 자들은 비난을 할지도 모르지만, 그것이 무서워서 아무것도 하지 않는다면 대륙의 혼란은 더욱 극심해지리라.

용기란 비단 몬스터나 적과 싸우면서만 발휘해야 하는 것이 아니다. 잘못된 일을 바로잡기 위해 일어서는 것, 그것이 바로 진정한 용기다.

 헤르메스 길드는 의기로 뭉쳤고, 이제 우리는 평화를 굳건하게 지키기 위해 기꺼이 싸우고자 한다.

 명분이야 끊이지 않고 일어나는 전쟁을 끝내겠다는 것이지만 사실상은 전 대륙을 향한 선전포고!

 단순히 엄포에만 그치는 것이 아니라는 것을 보여 주기라도 하듯이 하벤 제국과 국경을 맞댄 모든 곳에서 전쟁이 시작되었다.

 다른 왕국의 국경 수비대를 거뜬히 돌파하며 진군이 이루어졌다.

 헤르메스 길드의 최정예 랭커들, 기사들이 이끄는 군대가 전 대륙의 왕국들을 향하여 나아가고 있었다.

 이제부터는 정말 다른 세력들의 시선을 신경 쓰지 않기라도 한 것처럼 숨겨 놓았던 대병력이 한꺼번에 이동했다.

 그리고 이번에는 아르펜 왕국으로도 상위 랭커 렌슬럿이 이끄는 7만의 대군이 이동했다.

 헤르메스 길드의 전력은 그동안 실컷 팽창했다. 그들을 거스르는 모든 적과 싸워야 할 판이니 북부가 성장하고 있는 지금 아르펜 왕국도 격파하고 지역을 점령하겠다는 것이다.

"드디어 올 것이 왔네."
"하긴 그놈들이 잠잠하긴 했지."
베르사 대륙의 유저들은 헤르메스 길드의 선전포고에 생각 외로 그렇게 놀라지 않았다. 딱 나쁜 놈들이란 인식이 이미 충분히 박혀 있었던 탓이다.
로암 길드, 사자성, 블랙소드 용병단, 클라우드 길드. 그리고 많이 쇠퇴하였지만 흑사자 길드도 기민하게 움직였다.
"헤르메스 길드가 감춰 온 군대가 정말 엄청납니다."
"우리도 그동안 노력을 해 오기는 했지만 저런 군대를 어떻게 양성한 것인지······."
"단독으로 놈들을 상대할 수 있는 세력은 없습니다."
"연합군을 결성합시다."
5개 길드 간의 의견 조율은 빠르게 되었다.
과거 헤르메스 길드가 브리튼 연합 왕국을 침략하였을 때부터 연합군에 대한 이야기가 나왔다.
헤르메스 길드가 종전을 선언하자, 대외적으로는 연합군 결성 역시 물 건너간 것처럼 보였다. 하지만 내부적으로 협의를 계속하며 진전을 이루고 있었다.

— 대륙 정복을 위해 헤르메스 길드와는 싸워야 한다.

― 버거운 상대다. 다른 놈들과 힘을 합치면 좋을 텐데…….
― 헤르메스 길드와 거리상 가깝지만 우리만 위험을 감수할 순 없지. 다른 경쟁자들도 전쟁으로 약화시키려면 같이 싸워야 좋은데.

블랙소드 용병단과 사자성, 로암 길드가 주축이 되어 헤르메스 길드를 치기로 협약을 맺은 상태였다. 다만 시기만이 조율이 되고 있었을 뿐인데, 헤르메스 길드가 전 대륙을 상대로 선전포고를 하니 기회라며 연합군을 결성했다.
헤르메스 길드와 적극적으로 맞서 싸우려고 했지만 그들이 전선으로 전력을 응집하는 데에는 시간이 걸렸다.

"이곳도 전쟁이라니 지긋지긋해."
농부 미레타스는 구멍 난 밀짚모자를 벗고 수건으로 땀을 닦았다.
허름해 보이는 이 밀짚모자가 보통 아이템이 아니었다.

닭털이 달린 밀짚모자 : 내구력 9/15. 방어력 8.
지푸라기로 대충 엮은 것 같은 모자이다.

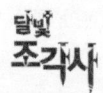

과거 대흉년이 찾아왔을 때 대륙을 구제했다는 농부 폴몬스가 착용했던 물건이다.
땅과 자연에 관련된 일을 하며 아무렇게나 머리에 쓰기 좋다.
제한 : 농부 전용.
 레벨 430.
 인내력 1,200.
옵션 : 농사일을 하면 일정한 확률로 지혜를 상승시켜 줌.
 몬스터들의 주의력을 무너뜨림.
 새들이 모자에 앉아서 놀고 나면, 먼 곳에서 특수 작물의 씨앗을 물어 온다.
 노동 중에 체력의 저하를 줄여 주며, 체력이 자주 증가한다.
 오랜 비바람에도 생명력 감소 없이 견딜 수 있음.
 손상된 땅의 기운을 회복시켜 줌.
 개간한 땅이 대풍작을 이룰 가능성을 높임.
 내구도가 0이 되지 않는 한 쉽게 수리 가능.

 이 유니크급 밀짚모자는 황무지를 개간하던 중에 우연히 얻은 것이었다.
 "전쟁이 싫어서 아르펜 왕국까지 왔는데……."
 미레타스는 천성이 농부였다.
 자신이 심은 작물들이 자라나는 것을 보며 계절의 변화를 느낀다.
 그는 아르펜 왕국에도 아주 방대한 곡창지대와 과수원, 밭을 일구어 놓았다. 강물을 끌어오기 위한 수로 시설까지 설치되어 있을 정도였고, 그가 일군 땅은 따로 손을 대지 않더라도 향후 몇 년간 풍작은 맡아 놓은 것과 다름이 없었다.

"내가 할 수 있는 건… 병사들이 먹을 식량이나 만들어 줘야 되겠군."

아르펜 왕국의 인구는 국왕인 위드만이 정확하게 알 수 있다.

각 지역의 영주들이 자신들이 거느린 주민들을 합쳐서 계산할 수 있지 않을까 싶지만 그런 방식을 쓸 수가 없었다. 아르펜 왕국은 대부분의 땅이 국왕 소유이기 때문이다.

그렇지만 국왕 다음으로 인구에 대하여 대략적인 감을 잡고 있는 것이 미레타스였다.

농부는 식량 생산과 소비에 대하여 매우 민감하다. 너무 많은 식량 생산이 이루어지면 가격은 폭락하고, 반대로 식량이 부족하면 굶주리는 사람들이 도처에 널리게 된다.

그가 아르펜 왕국에 정착하고 나서부터 지금까지 식량 소비는 몇 배로 늘어났다.

인간, 오크, 드워프, 엘프, 바바리안, 조인족, 이종족.

초보자들의 유입까지 합쳐져서 알게 모르게 엄청난 인구가 살아가고 있는 아르펜 왕국이었다.

전쟁이 시작된다면 군량미가 필요할 것이 아니겠는가.

바르고 성채를 기반으로 번식하던 오크 군단.

잘 죽고 잘 태어나는 오크들만큼 성장률이 빠른 종족은 있을 수가 없다.

인간들과는 종족이 다른 만큼 성장 방식도 다르다.

어려운 몬스터, 치안을 어지럽히는 몬스터를 처단하면 그 용맹으로 인해 새끼 오크들이 우르르 따르게 되는 것이다.

오크 초보자들은 몬스터를 퇴치하고 던전을 공략하여 획득한 아이템으로 바르고 성채에서 교역을 했다.

바르고 성채는 드워프와 엘프, 오크, 이종족들이 모이는 장소이기에 상인들이 몰려들 정도로 많아져 있었다.

"엘프들로부터 구입한 활! 어지간한 분한테는 활이 아까워서 안 팝니다. 확실한 궁술 실력을 갖고 있는 분만 오세요."

"믿을 수 있는 모라타산 강철 글레이브! 600개 이상 구입 시에는 할인도 듬뿍 해 드립니다."

"새끼 오크들이 좋아하는 말린 사슴 고기. 거기 서서 냄새만 맡지 마시고 어서 오세요, 오크님들."

"드워프 전용 키 높이 부츠 있습니다."

아르펜 왕국의 진정한 힘은 상업에 있었다.

상인들이 대활약을 하며 장사를 하기 때문에 오크들은 개체 수를 금방 늘리고 무장도 좋은 것으로 바꾸었다.

전쟁 소식을 듣고 오크 로드들이 회합을 가졌다.

"취이익, 전쟁이다."

"취췻, 재밌겠다. 너무 심심했다."

"인간, 드워프 대장장이에게 부탁해서 글레이브에 녹을

로드릭의 연구 기록 **307**

없애라. 취췻."

"우린 무조건 싸우러 간다, 췻!"

말리는 사람이 있다면 먼저 싸우려고 할 오크들.

그들은 중앙 대륙에서 오크 종족이 받는 박해를 아주 잘 알았다. 인간이 아니라는 이유로 많은 도시에서 관문도 넘지 못한다.

개개인의 능력이 월등하게 강하지 못한 오크들은 개체 수를 불려야만 했는데, 그 지역을 장악하고 있는 길드들은 그것을 원치 않았다. 던전이나 사냥터에 오크들이 많아지게 되면 몬스터들이 줄어들기 때문이다.

물론 다른 비어 있는 던전들도 많이 있었지만, 자금 능력도 떨어지는 오크들이 많다는 점이 거슬려서 대번에 내쫓았다.

바르고 성채 주변에서 대대적으로 번식해 가며 몬스터 무리를 격파하는 오크들을 본다면 후회할 행동이었다.

"인간들이 위기에 빠졌다니 같이 싸워 줘야 되겠군. 맛있는 맥주를 빚기 때문이지 다른 이유가 있는 것은 아니야."

"숲을 지키기 위해서라도… 참전해야겠죠."

드워프와 엘프도 나섰다.

아르펜 왕국이 커지면서 속하기로 한 이종족들 역시 전쟁에 동참하기로 했다.

풀죽신교!

북부를 대표하는 그들도 헤르메스 길드의 군대에 반응했다.

"놈들이 우리를 정복하기 위해서 온다니… 기꺼이 싸워 줍시다!"

"후후, 전쟁이 벌어지기만을 기다리고 있었죠."

"해봅시다!"

과거 모라타에서 뛰쳐나와 북부의 전쟁을 종식시켰던 그들!

그때에는 나약하기 짝이 없는 초보자들이었지만 이제는 많이 성장을 하였을 뿐만 아니라 숫자도 비교조차 불가능할 정도로 늘어났다.

"각 부대들에 전투에 동참하라고 알립시다."

"부대별로 최소한 4만 명씩은 동원을 해야 되는데. 가능하겠죠?"

"독버섯죽에서는 원정이나 던전 탐험을 많이 해서 인원이 안 나올 것도 같은데… 알려 보겠습니다."

풀죽신교의 내부 통신망을 통해서 전쟁 참여자들을 모으기 시작했다.

"헤르메스 길드가……."

"죽여!"

"전쟁에 참여……."

"갑시다!"

"어디에서 모이기로 했는데?"

대화를 할 필요도 없이 통보만으로도 충분했다.

전사들이 북부의 던전들과 사냥터에서 나와서 이동을 개시했다.

이에 대해 모르는 베르사 대륙의 유저들은 선술집에서 떠들고 있었다.

"이젠 정말 헤르메스 길드가 대륙을 다 점령하겠구나."

"뭐, 정해져 있던 일이나 다름없잖아. 연합군이 과연 얼마나 싸울 수 있을지도 모르고……."

TO BE CONTINUED

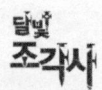

6號戰車Tiger 판타지 장편소설

프로스타
대륙전기

The Biography of The Prostar Continent

전투 포인트를 꿰뚫는 소름 끼치는 한판!
내 시작은 노예였으나 그 끝은 '전쟁의 악령'으로 우뚝 서리라!

언어폭력에다 학대당하는 게 일상인 마구간 노예, 지미
팔목이 불에 데는 바람에 노예 낙인이 사라져
자유의 몸으로 홀로 서기를 시작하다!

그러나 바깥세상은 자유의 땅이 아닌 황폐한 싸움터!
"정신 차려! 아무도 너를 지켜 주지 않아."

생계를 위해 브루스라는 이름으로 용병계에 입문
첫 전투에서 대장의 목숨을 구하고 승리의 주역이 된 그는
기가 막힌 석궁 솜씨와 귀신같은 살인 기술로
전사로의 본능에 눈을 떠 가는데……

싸구려 목숨이 깨지고 깨진 전쟁터에 울려 퍼지는
뼛속까지 싸움꾼인 미친 전사의 노래!

꿈의 도약, 로크에서 하십시오
(주)로크미디어에서 신인 작가를 모십니다

즐거운 세상, 로크미디어는 꿈을 사랑하고 도전을 두려워하지 않는 작가 분들의 참신한 작품을 기다리고 있습니다. 21세기 장르 문학계를 이끌어 갈 차세대 선두 주자 (주)로크미디어에서 여러분의 나래를 활짝 펴 보시길 바랍니다.

모집 분야   판타지와 무협을 포함한 장르 문학
모집 대상   아마추어 작가, 인터넷 작가
모집 기한   수시 모집
작품 접수 시 유의 사항
   1. 파일명은 작가명_작품명.hwp형식을 갖춰 주십시오.
   1. 파일에 들어갈 내용은 다음과 같습니다.
      - 성명(필명인 경우 실명을 밝혀 주세요), 연락처, 이메일 주소.
      - 제목, 기획 의도.
      - A4용지 1장 분량의 등장인물 소개.
      - A4용지 2장 분량의 전체 줄거리.
      - 본문.
   1. 작품이 인터넷에 연재되고 있다면, 게시판명과 사이트의 구체적이고 정확한 주소를 기재해 주십시오.

선택된 작품은 정식 계약 후 출판물로 간행되어 전국 서점에 유통됩니다.
작가 분은 (주)로크미디어의 전폭적인 지원하에 전속 작가로 활동하시게 됩니다.
※ 자세한 내용은 로크미디어 홈페이지(rokmedia.com)를 참조하세요.

(140-133)서울시 용산구 원효로97길 46 5층
(주)로크미디어 편집부 신간 기획 담당자 앞
전화 : 02-3273-5135
www.rokmedia.com   이메일 : rokmedia@empal.com

만렙닥터 리턴즈

13월생 현대 판타지 장편소설

**인생 2회 차 경력직 신입
칼솜씨도, 인성도 '만렙'인 의사가 돌아왔다!**

만성 인력난에 시달리는 흉부외과에 들어온 인턴
메스도 잡아 본 적 없는 주제에
죽을 생명을 여럿 살려 내기 시작한다?

"이 새끼, 꼴통 맞네."
"죄송합니다."
"잘했어!"
"네?"

출세만을 좇으며 살았던 전생
이렇게 된 이상 인생도 재수술 한번 가자!

**무데뽀(?) 정신으로 무장한 회귀 의사
이제부터 모든 상황은 내가 집도한다!**